战马

〔英〕迈克尔·莫波格 著

李晋 译

南海出版公司

新经典文化股份有限公司
www.readinglife.com
出 品

献给莱蒂斯

我写这本书得到了很多人的帮助
尤其想要感谢的是
克莱尔和罗莎琳德
塞巴斯蒂安和霍雷肖
吉姆·海因森(兽医)
艾伯特·威克斯
还有已故的威尔弗雷德·埃利斯和已故的巴吉特上尉
——后三位都住在兹利教区,已年过八旬

作者的话

在那所现在被镇上用作集会大厅的旧学校里，在那个指针永远停留在十点零一分的钟下方，挂着一幅灰扑扑的小油画，画的是一匹马。它是匹很棒的红栗马，额头上的白十字花纹引人注目，四只蹄子一样雪白耀眼。它转过头，竖起耳朵矗立在那里，有些惆怅地望着画外，仿佛刚刚注意到站在画前的人。

当大厅因为举办教区会议、丰收晚宴或晚间社交活动而对外开放时，许多人会很随意地瞥一眼这幅油画。在这些人眼里，这只不过是幅污损的老油画，是某个才华横溢却不见经传的艺术家画的一匹无名的马。他们对这幅画已经熟视无睹。但是，如果你看得更仔细些，就会发现铜画框底部渐渐褪去的黑色笔迹：

乔伊

詹姆斯·尼科尔斯上尉作于一九一四年秋

镇里有些人——现在只有少数几个了——还记得乔伊是谁,而且随着时间的流逝,知道乔伊的人越来越少。写乔伊的故事就是为了让人们不要忘记它,不要忘记那些知道它的人,不要忘记那场战争,在战争中他们饱受折磨,最后失去生命。

第一章

　　山坡上的田地，阴暗潮湿的马厩，沿屋梁来回穿梭的老鼠，这些在我的记忆深处模糊成一片。不过，卖马那天的情景我记得很清楚，那种恐惧感纠缠了我一辈子。

　　我那时还不满六个月，腿长长的，行动笨拙，从没离开过妈妈。那天，拍卖场乱哄哄的，我和妈妈分开了，从那以后就再也没有见过她。

　　妈妈是匹很棒的农用马，已经上了年纪，不过，她的腿还是很明显地表现出爱尔兰马特有的耐力和健壮。那天没几分钟，她就被卖掉了，我还没跟出门口，她就被人匆匆带走。

　　我却很难找到买主。或许是因为我当时惊慌失措，绝望地转着圈找妈妈，或许是因为没有哪个农场主或吉普赛人肯要一匹纤细瘦弱、还不是纯种的小马驹。不管是什么原因,他们为我到底有多不值钱争论了好久,最后,我听见有人敲下拍卖锤,接着,我被赶出门,进了外面的一个马圈。

"花了三块钱,这马还不赖吧?是不是,我的小坏蛋?真是不赖。"说话人嗓音粗哑,应该是经常喝酒的缘故,他显然就是我的买主。不过我不会叫他主人,因为我只有一个主人。

我的买主手里拿着绳子,费力地爬进马圈,身后跟着三四个红脸的酒友,每人都拿着一根绳子。他们摘下帽子,脱掉外套,卷起袖子,朝我走过来的时候都哈哈笑着。

以前从没有人碰过我,因此我步步后退,一直退到身体撞上马圈的护栏。他们同时朝我扑来,只不过动作迟缓,我设法躲过了他们,跳到马圈中央,然后又转身朝向他们。这会儿他们可笑不出来了。

我呼唤着妈妈,听见她回应的声音在远处响起。我朝妈妈的声音传来的方向冲去,试图越过护栏,结果被绊住前腿,卡在那儿了。我感到有人粗鲁地揪住我的马鬃和尾巴,接着就有一根绳子紧紧拴住了我的脖子。我被推倒在地,似乎身体的每个部位都坐着人,让我动弹不得。他们稍微一松手我就开始挣扎,使劲踢腿,直到把自己累得筋疲力尽。但他们个个五大三粗,且人多势众。我被套上马笼头,脖子和头都被勒紧。

"哟,你还挺能跟我作对,是吧?"我的买主一边勒紧绳子,一边咬牙切齿地笑着说,"我喜欢有人跟我作对。不过我会想法治你的。你这只小斗鸡很快就会服服帖帖。"

一路上我被拖着走,有根短绳把我拴在农用车后挡板上,所以我每次扭头时都把脖子扯得生疼。

我们走上去农场的那条路,辘辘地过了桥,进了一间马厩,这是我的新家。此时我浑身无力,身上汗津津的,头被笼头磨得生疼。

来到新家的第一天晚上,我得到的第一个安慰是知道自己并不孤独——刚才那匹一路从市场拉车回来的老马被带进我旁边的马厩。她进马厩时停住脚步,朝我这边看了看,还温柔地低鸣了一声。

我正想从马厩后方走上前去,买主忽然拿马鞭狠抽她的肚子,我马上又退到后面,蜷缩到角落。

"讨厌鬼,滚进去。"买主大吼道,"你一直就是个讨厌鬼,佐依,别想把你那些把戏教给这新来的小东西。"就在那一刻,我瞥见那匹老母马眼中流露出的善良和同情,这安抚了我的情绪,让我不再感到惊慌失措。

我那买主跟跟跄跄地走过鹅卵石铺成的小路,进了

5

前头的农舍,我被留在这儿,没水,也没吃的。这时传来开门的声音,还有人嚷嚷,接着就听到有人跑过院子,兴奋的说话声越来越近。

两个脑袋出现在马厩的门前,其中一个是个小男孩。他仔细端详我半天,最后露出灿烂的笑容。"妈妈,"他认真地说,"这马肯定很棒、很勇敢。您看它抬头的样子。妈妈,您看啊,它浑身都湿透了。我得给它擦擦。"

"你爸说别碰这马,艾伯特。"他母亲说,"他说,最好先让这马自己待着,别碰它。"

"妈妈,"艾伯特说着取下马厩的门闩,"爸爸一到赶集的日子就喝得醉醺醺的,喝醉了就犯糊涂。您告诉过我好多次了,说他醉酒的时候别听他的。妈妈,您去喂老马佐依,我来照顾它。嗨,妈妈,您看它是不是很棒?它几乎全身都是红的,是匹红栗马,对吗?它鼻梁上的那个十字太完美了。您见过长白十字的马吗?您见过这样的吗?等它休息好了,我就要骑它。我走哪儿都骑着它,没有哪匹马能比得上它,全教区都不会有,全国都不会有。"

"艾伯特,你刚满十三岁。"他母亲站在另一间马厩门口说,"这匹马太小,你也太小。不管怎么说,爸爸让你别碰它,要是让他在这儿撞见你,到时你可别哭着来找我。"

"可是，妈妈，爸爸到底为什么买这马？"艾伯特问，"我们本来要买只小牛犊，对吧？他去市场不就是为这个吗？不是要买只小牛犊去吃老牛塞兰丁的奶吗？"

"我知道，宝贝儿，你爸爸做这种事的时候都是一时糊涂。"艾伯特的母亲轻声说，"他说，本来农夫伊斯顿要出价买这匹马来着。你也知道，上次他们因为篱笆的事吵过架，你爸爸对他有看法。我猜他买下这匹马就是不想让伊斯顿遂心如意。嗯，我想大概就是这么回事。"

"妈妈，他买了这匹马，我倒是很高兴。"艾伯特脱下夹克，朝我慢慢走来，"不管他当时是不是喝醉了，这可是他做过的最好的一件事。"

"艾伯特，别这样说你爸。他这辈子不容易，这样说他可不对哦。"他母亲说道。可惜这些话毫无说服力。

艾伯特差不多和我一般高，他走近时说话的声音是那样轻柔，我立刻觉得很平静，也很好奇，就还是靠墙站着。他碰我的时候，我起先跳起来，但马上就发现他没有恶意。他抚摸我的背部，然后又摸了摸我的脖子，同时不停地对我说话，说我们两个在一起会很开心，说我将来能长成全世界最聪明的马，说我们将来一起出去打猎。

过了一小会儿，他又用夹克轻轻地给我擦身体。他不停地擦着，一直到擦干为止。接着，他用盐水沾了沾我头上那块磨得生疼的皮肤。他给我拿来甜甜的干草，还拎来一大桶清凉可口的水。从始至终他一直在和我说话。

他转身要走出马厩时，我朝他叫了一声，表示感谢。他好像听明白了似的咧开嘴笑了，还用手指轻轻刮我的鼻子。

"你和我，咱俩会成为好朋友的。"他亲切地说，"我叫你'乔伊'吧，因为这个名字和'佐依'押韵，嗯，大概还因为这个名字适合你。明早我还会来——别担心哦，我会照顾你的，我向你保证。做个美梦，乔伊。"

"你不该和马说话，艾伯特。"他母亲站在外面说，"它们根本听不懂你说什么。马是很笨的动物。你爸爸说，马又倔又笨，他这辈子最了解马了。"

"爸爸根本就不懂马的脾气。"艾伯特说，"我觉得他是害怕马。"

我走到门口，看着艾伯特和他妈妈离开，消失在夜色中。那时我就知道自己找到了永远的知己，还知道，在我和艾伯特之间，已经迅速地、本能地建立起一条爱与信任的纽带。老马佐依从隔壁的门探过头来，想和我蹭蹭鼻子，可我俩的鼻子就是碰不到一起。

第二章

经过漫长难熬的冬天，进入薄雾弥漫的夏天，我和艾伯特一起成长着。除了令人尴尬的稚嫩，一匹小马驹和一个乳臭未干的小男孩之间还有更多的共同点。

每当他既不去村里上学，也不和父亲去农场干活儿时，艾伯特就会带我出去。

我们穿过田地，来到托里奇河边的那块沼泽地，那里地势平坦，长满蓟草。就是在农场里这块唯一的平地上，他开始训练我。最初他只让我来回走走，小步跑跑，后来又让我先朝一个方向往前冲，然后再朝另一个方向冲。

在回农场的路上，他让我自己掌握速度。我也学会了一听见他吹口哨便朝他跑过去。我这样做并不是出于顺从，而是因为我总想和他待在一起。

他的口哨声模仿猫头鹰叫,断断续续的,这呼唤我永远不会拒绝,也永远不会忘记。

除了艾伯特,老马佐依是我唯一的伙伴。她经常要去农场犁地、耕地、割草、收庄稼,所以我大多数时间都是自己待着。

夏天时,待在田里还可以忍受,因为我总能听到她在干活儿,还能时不时地呼唤她。可到了冬天,我就被孤零零地关在马厩里,一天下来见不着一个人影,也听不到人说话,除非艾伯特过来看我。

艾伯特很守信用,他照顾我,也尽可能地保护我不受他父亲的伤害;不过,他父亲并不像我想象的那么可怕。他一般不理我,就算来看我,也总是远远地站着。有时候他甚至可以非常友好,但有了我们初次相遇的经验,我怎么也不能信任他。我根本不让他靠近我,而老是躲到田地的另一头,让老马佐依把我俩隔开。

每到星期二,艾伯特的父亲喝得醉醺醺地从外面回来时,艾伯特就会找个借口和我待在一起,确保他父亲不会靠近我。

我来到农场两年后,一个秋天的晚上,艾伯特去村里的教堂敲钟了。

每个星期二晚上,他都把我和佐依关在一个马厩里,这样保险一些。"你俩在一起会安全些。只要你俩在一起,我爸就不会进来骚扰你。"他常说。说完他会靠在马厩门上,给我们讲敲钟的复杂程序,还讲镇里如何安排他敲响发最低音的那个大钟,因为他们觉得他已经是个男子汉了,能胜任这项工作。他还说他很快就是村里最大的男孩了。

我的艾伯特为他能敲钟颇感自豪。我和佐依紧紧依偎在灯光昏暗的马厩里,当教堂的六声钟响越过黄昏的田野传到我们耳朵里时,我们十分陶醉,此时我们知道艾伯特有理由感到自豪。这音乐无限神圣,所有人都可以分享——他们只要聆听就好了。

那天我肯定是站在那儿睡着了,因为我根本不记得听到有人走近。突然间,马厩门前闪烁着跳跃的灯笼光线,门闩被拉开了。

一开始,我以为是艾伯特,可教堂的钟声仍响彻云霄。接着我听出来了,毫无疑问,这声音是艾伯特的父亲发出的,他每星期二晚上从市场回来时都是这种腔调。他把灯笼举过门,手里拿着根棍子,跟跟跄跄地绕着马厩朝我走来。

"嘿,你这自高自大的小东西,"他说,毫不掩饰话里威胁的意味,"我和人打了个赌,他们说,我不可能在一个星期之内教会你犁地。在乔治酒店里,伊斯顿和其他几个乡亲都说我治不了你。我倒要让他们看看。你娇生惯养的日子到头了,该学会自食其力了。今天晚上,我要拿几个马轭给你试试,找个合适的,明天咱们就开始犁地。来软的也行,来硬的也行。你要是给我找麻烦,我就拿鞭子抽你,非把你抽出血来不可。"

老马佐依很了解他的情绪,嘶鸣了一声警告我,然后就退到马厩后面的黑影里。不过她没必要警告我,因为我能明白他的意图。我只要看见举起的棍棒,就吓得心跳加速。

我害怕极了,但我知道不能跑,因为根本无处可逃,所以我就背对着他,朝他尥蹶子。我感到我的蹄子正中目标,随即听到一声痛苦的尖叫。

我回头一看,他正艰难地拖着一条腿爬出马厩,嘟囔着要报仇雪恨。

第二天早上,艾伯特和他父亲一起来到马厩。他父亲走路明显一瘸一拐的。他俩每人手里都拿了个马轭,我能看出来艾伯特刚哭过,因为他脸色苍白,满脸泪痕。他俩一起站在马厩门口。

让我无比自豪、无比欢欣的是,艾伯特的个头已经超过他父亲。他父亲一脸憔悴,显得十分痛苦。"艾伯特,要是昨晚没有你妈说情,我当场就把这马给毙了。它差点儿要了我的命。我现在警告你,要是这马不能在一星期内把地犁得笔直笔直的,我就卖了它,我说到做到。

全看你的了。你说你能对付它,我就给你一次机会。再说,它也不让我靠近。这马野性十足,本性恶毒,除非你能驯服它,一个星期就训练好它,否则它就得离开。听明白了吗?这马得像其他人一样学会自食其力——我可不管它有多好看——这马必须学会干活儿。艾伯特,我得跟你说清楚了,要是我打赌输了的话,它必须走。"

他把马轭扔到地上,转身准备离去。

"爸,"艾伯特坚定地说,"我会训练好乔伊,我会让它学会犁地,不过,您必须保证不再打它。不能那么训练它,爸,我了解它,我特别了解它,它就像我的亲兄弟一样。"

"艾伯特,你来训练它,你来管它。我不管你怎么做,我也不想知道。"他父亲不想继续讨论下去,"我不会再靠近这畜生。我想一枪毙了它。"

这次艾伯特走进马厩后,没有像从前那样抚摸我,也没有对我柔声说话,相反,他径直走过来,表情严肃地盯着我。

"你简直蠢透了。"他厉声说,"乔伊,你要想活下去,就得学会生存之道。以后你再也不能踢人。爸的话是当真的,乔伊。要不是妈妈帮忙,他会一枪毙了你。是妈妈救了你。他不听我的,将来也不会听。所以,乔伊,下次可别这样了,以后别再这样了。"

说到这儿，他的语气发生了变化，变得更像原来的他。"乔伊，咱们只有一个星期，你得在这几天里学会犁地。我知道你是良种马，你可能觉得犁地的活儿根本不配让你干，可是现在你必须得干这活儿。我和老马佐依，我俩会训练你。这活儿特别累——对你来说尤其累，因为你不是农用马，也还没有足够的力气干好这活儿。乔伊，这事完了你会对我有意见，可是我必须得做。我爸爸说到做到，他是言出必行的人，他一旦下定决心，就没法改变。他会把你卖掉，甚至毙了你也不愿意赌输，这是毫无疑问的。"

就是这个早上，一个马轭松松地套在了我的身上。我和亲爱的老马佐依肩并肩，踏着田里弥漫的薄雾，被领到一个叫朗克鲁斯的地方，我的农用马训练生涯开始了。

由于是第一次一起犁地，那马轭擦伤了我的皮，我的双脚因为太用力而深深陷入松软的土壤。艾伯特在后面不停地嚷嚷，我只要一迟疑，或者走歪了，或者他觉得我没有尽力——他能看出来，他就朝我挥鞭。

艾伯特像变了一个人似的。他以前的温情和友善荡然无存。他现在说话严厉、刻薄，决不允许我反抗。

老马佐依在我旁边，她俯身让人套上马轭，默默地拉车，低着头，双脚深陷入土壤。

为了佐侬,为了我,也为了艾伯特,我也弯腰让人套上马轭,开始犁地。

那一个星期里,我要学会农用马犁地的基本技能。我一用力,肌肉就生疼;不过,在马厩里好好休息过一晚之后,第二天早晨,我又精神抖擞地准备开始新的工作了。

随着我每天的进步,慢慢地,我们开始像一个团队了。艾伯特用鞭子的次数越来越少,而且又开始对我温柔地说话。一个星期后,我敢肯定自己已重新赢得了他的疼爱。

一天下午,我们把朗克鲁斯附近的一片地犁完之后,他把犁取下来,伸出双臂搂住我俩。

"好了,你们完成任务了,我的宝贝儿们,你们完成了。"他说,"我没早点儿告诉你们,因为我不想让你们分心。整个下午,爸爸和伊斯顿一直站在屋里看着我们呢。"他挠了挠我们的耳根,又摸摸我们的鼻子。"爸爸打赌赢了。他吃早饭的时候告诉我说,要是我们今天把地犁完,踢他的事他也就不计较了,还说你可以留下来。乔伊,你看,你成功了,亲爱的宝贝儿,我真为你自豪,都想亲你一下,你这个小傻瓜。不过我不会那样做,只要他们看着咱们,我就不那样做。现在,我爸会让你留下来,我敢保证他会的。我爸是说话算数的,你放心吧,他只要没喝醉就一定言出必行。"

几个月后的一天,我们去大草坪割草,回来时沿着低洼地带的小道朝农场走去,一路上浓荫蔽日。

这时,艾伯特第一次谈起战争。

他吹着口哨,忽然停下来说:"妈妈说可能要打仗。"他的声音里带着忧伤,"我不知道是因为什么,好像是有个老公爵在哪里被人枪杀了①。真不明白这和其他人有什么关系,不过妈妈说,我们也会被卷入战争。不过,这不会影响到我们,不会影响到这里的。我们还照旧过日子。我才十五岁,打仗不够格——妈妈是这样说的。不过我和你说呀,乔伊,要是真打起来,我也想去。我想我应该能当个好兵,你说呢?穿上军装一定很神气,对不对?以前我一听到乐队奏乐,就想加入行军的队伍。乔伊,你能想象那场景吗?想想看,要是你跑步像拉车一样好,你也能成为一匹优秀的战马呢,对不对?我知道你肯定行。那我们就是一对儿。要是那些德国人和咱俩打起来,他们就得请上帝帮忙了。"

一个炎热的夏夜,整整一天漫长的、又脏又累的田间劳动刚刚结束,我正专注地吃着菜泥和燕麦。艾伯特一边用稻草给我擦身,一边说,冬天的几个月里会储藏

---

① 一九一四年六月二十八日,奥匈帝国王储费迪南大公在萨拉热窝被塞尔维亚民族主义组织成员刺杀,这就是著名的"萨拉热窝事件"。这一事件使得奥匈帝国向塞尔维亚宣战,成为第一次世界大战的导火索。

大量的干草，还说这些麦秸秆用处很大，可以用来铺屋顶。忽然，我听见他父亲拖着沉重的脚步穿过院子朝我们走来，边走边喊"孩子他妈"。

"孩子他妈，快出来。"他没有喝醉，是清醒时的声音，我不害怕。

"打仗了，孩子他妈，我刚在村子里听说，邮递员今天下午带来的消息。鬼子们进军比利时了。毫无疑问要打仗。我们昨天十一点宣战了，得去和德国人打，给他们个教训，叫他们别再欺负人。战争过几个月就会结束，历来如此。就因为英国雄狮在沉睡，他们就以为英国人死了。我们要教训他们两下子，孩子他妈——我们要给他们一个教训，让他们一辈子也忘不了。"

艾伯特停下手里的活儿，稻草落在地上。我们朝马厩门口走了几步。他母亲站在屋子台阶上，用手捂着嘴。"噢，上帝啊。"她轻声说，"噢，上帝啊。"

第三章

我在农场的最后一个夏天,艾伯特逐渐开始骑着我去放羊,这一切都是慢慢发生的,我几乎都没怎么留意。老马佐侬会跟在后面,我会时不时停下来,回头看看她是否还跟着我们。

我甚至都不记得他是什么时候第一次把马鞍放在我背上的,不过这事肯定有过,因为到那年夏天宣战时,艾伯特每天早晚干完活儿后都会骑着我出去放羊。我渐渐熟悉了教区的每条巷子、每棵树叶婆娑的橡树、每扇咣咣作响的大门。我们会在水花飞溅中穿过因诺森特矮树林下的河流,还以闪电般的速度飞奔到远处的弗尔尼山的山坡上。

艾伯特骑我时没有必要给我上缰绳,也不需要扯嚼子,他只要用腿轻轻一夹,用脚后跟碰一碰,我就知道他想让我做什么。我觉得,他甚至都不需要做这些,就可以骑着我到处走,因为我们太了解彼此了。他不和我说话的时候,就一直吹口哨或唱歌,这让我很安心。

一开始,战争几乎没有影响到农场的生活。因为要割更多稻草,垛起来,以备冬天用,我和佐依每天很早就被带到田里干活儿。

现在,艾伯特基本接手了农场里所有需要马干的活儿,他父亲则负责看管猪和阉牛,查看羊群,修篱笆,在农场附近挖渠。所以一天下来,我们见到他的时间不过几分钟,这让我们感到如释重负。

不过,尽管农场里一切正常有序,气氛还是日益紧张,我开始有种强烈的不祥之感。院子里,经常会有人长时间地激烈争吵,有时是艾伯特的父母,更多的时候是艾伯特和他的母亲,这真是太怪异了。

一天早晨,他母亲站在马厩外,生气地对艾伯特说:"艾伯特,你不能怪他,你要知道,他做这一切都是为了你。十年前,登顿先生主动把农场卖给你爸爸,你爸爸拿出所有财产作抵押,为的就是等你长大后能有自己的农场。是抵押金让他犯难,害得他借酒浇愁,就算他偶尔言行失当,你也犯不上总唠叨他。他是不如从前那么好了,不像从前那样卖力地干活儿,不过你知道,他都五十多岁了——孩子们从来觉不出自己的父亲是年轻还是年老。还有打仗这事儿。艾伯特,打仗这事儿也让他很闹心。他担心粮食价格会跌,而且我觉得,他心底里最想做的就是去法国打仗——可他年纪又太大。艾伯特,你得试着理解他,他值得你去理解。"

"可是妈妈,您就不喝酒。"艾伯特言辞激烈地回应道,"您也和他一样有烦恼。再说了,就算您真的喝酒,您也不会像他那么数落我。我把自己能干的活儿都干完了,而且还多干了好多,可他总是埋怨我这没做那没做。每次我晚上带乔伊出去,他都会数落我。他甚至都不想让我参加一个星期一次的敲钟。妈妈,他简直不可理喻。"

"艾伯特,我知道。"他母亲用双手握住他的手,更加温和地说,"可你得尽量看到他的优点。他是个好人——真的是这样。你也知道他是个好人,对吗?"

"对,妈妈,我知道他是个好人。"艾伯特承认说,"要是他不老挑乔伊的毛病就好了。乔伊现在开始干活儿养活自己了,它也得有时间放松一下,我也是。"

"当然应该这样,宝贝儿。"他母亲挽着他的胳膊朝屋里走去,边走边说,"可你知道他是怎么想乔伊的,不是吗?他是一气之下才买回乔伊的,之后他就后悔了。他说,我们需要的是能干农活儿的马,你那匹马花销太大。他头疼的就是这个。农夫和马,他想的总是这些问题。

我父亲也是这样。要是你对他好一些，也许他会改变想法——我知道他会的。"

不过，这些天，艾伯特和他父亲几乎不怎么说话了，艾伯特的母亲替他俩传话，像个谈判专家似的。

开战几个星期后的一个星期三的早晨，艾伯特的母亲又在院子里给他俩调解。

艾伯特的父亲还和从前一样，星期二晚上在市场上喝醉了才回家。他说他忘了把借来的种猪还回去，那种猪是用来给母猪配种的。他让艾伯特去还种猪，可艾伯特坚决不去，两人激烈地争吵起来。艾伯特的父亲说他"有其他事做"，而艾伯特则说，他得打扫马厩。

"宝贝儿，把种猪送回弗斯登也就半个小时。"艾伯特的母亲很快说，她试着缓和一下气氛。

"那好吧。"艾伯特同意了，他母亲一干涉，他总会让步，因为他不愿意惹母亲不高兴，"妈妈，我是为了您才去的。不过，可有个条件，今天晚上我要带乔伊出去。我想让它今年冬天打猎，得把它的身体练棒些。"

艾伯特的父亲一言不发，双唇紧闭，直盯着我看。

艾伯特转过身，轻轻拍着我的鼻子，从木棚边的引火柴堆里抽出一根木棍，朝猪圈走去。

几分钟后，我看见他赶着那头黑白相间的大种猪，沿着农场前那条路朝小道走去。我在后面叫了一声，可他没回头。

现在,艾伯特的父亲来马厩一般都是牵老马佐依。这些天他都不理我。他总是在院子里把马鞍往佐依背上一扔,然后骑着马到农舍前面的小山上查看羊群。所以,那天早晨他来马厩把佐依牵出去时,我没觉得有什么不一样。

可他后来回到马厩后,开始和我套近乎,还拿出一桶闻上去很香甜的燕麦。我立刻警觉起来。可是,燕麦和我的好奇心削弱了我的判断力,我还没来得及躲,就被他用笼头套起来了。

他勒紧笼头,语气却一反常态的温和。他慢慢地伸出手,轻轻抚摸我的脖子。"你不会有事的,孩子。"他轻声说,"你不会有事的。他们会照顾你,他们保证过会照顾你。我需要钱,乔伊,我真的缺钱。"

第四章

他用一根长绳拴在笼头上，带我出了马厩。我跟着他走，是因为佐侬站在那儿回头看我。只要佐侬和我在一起，我就很高兴跟任何人去任何地方。我发现，艾伯特的父亲一直低声说话，还像做贼似的四处张望。

他一定知道我会跟着老马佐侬，因为他把拴我的绳子和佐侬的马鞍绑在了一起。

他牵着我俩悄悄地走出院子，沿着小路走，后来过了桥。一到了大路上，他就动作敏捷地骑上佐侬，我们小跑着上了小山，进了村子。

一路上他没有和我俩说话。这条路我很熟，因为以前我经常和艾伯特来这里，我也喜欢来这儿，因为总能碰到其他马，还能见到好多人。

前段时间，在村里的邮局外面，我第一次见到摩托车，摩托车开过去时我吓得全身僵硬，不过一直站得稳稳的，记得艾伯特事后还大夸特夸我勇敢呢。这会儿，我们走近村子，发现绿地周围停着好几辆摩托车，还围了一大群人和马，我从来没见过这场面。

尽管当时很激动，我仍然记得，当我们小跑着进村时，我心里有种不祥之感。

到处都是穿土黄色制服的人。艾伯特的父亲下了马，带着我们经过教堂，朝绿地走去。

这时，军乐队开始奏进行曲，那声音惊天动地、震撼人心，低音鼓的声音响彻全村。到处都是小孩子，有的扛着笤帚来回走，还有的从窗户探出头，手里摇着国旗。

绿地中央立着旗杆，白色旗杆上悬挂着的英国国旗在太阳的照射下显得很无力。

我们走近旗杆时，一名军官挤出人群向我们走来。他个头高大，穿马裤，系着皮带，腰间佩一把银白色的剑，显得气宇轩昂。

他与艾伯特的父亲握了手。

"尼科尔斯上尉，我说过我会来的。"艾伯特的父亲说，"我需要钱，这您能理解。要不是万不得已，我不会卖掉这么好的马。"

"噢，老乡。"军官打量了我一下，点头表示欣赏，然后答道，"昨晚咱们在乔治店里聊天的时候，我以为您夸大其词呢。您当时说，'这马是整个教区最好的'，后来其他人也都这么说。不过这匹马的确与众不同——我看得出来。"

他轻轻摸了摸我的脖子，抓抓我的耳根。无论是他的手还是语气，都很和善，我没有躲闪。

"老乡，您说得没错，这匹马到哪个兵团都会是最棒的战马，我们为拥有它感到自豪——我倒不介意自己骑它呢。是的，我一点儿都不会介意。要是它真的像它的外表那样优秀，它会非常适合我。长得真帅，毫无疑问。"

"尼科尔斯上尉，您要付给我四十英镑，您昨天答应过的，对吗？"艾伯特的父亲用极低的声音说，他似乎不想让任何人听到，"少一分钱都不卖。人总得过日子。"

"我昨晚是答应了，老乡。"尼科尔斯上尉说着掰开我的嘴，看了看我的牙，"这小马真不错，脖子健壮，肩膀平滑，球节笔直。干过不少农活儿吧？您还没训练它打猎吧？"

"我儿子每天都骑着它出去。"艾伯特的父亲答道，"据我儿子说，它跑起来飞快，跳起来就像猎手一样。"

"好吧，"军官说，"只要它通过我们兽医的检查，肠胃和腿脚没问题，您就能拿到咱们说定的四十英镑了。"

"军官先生，我不能等太长时间。"艾伯特的父亲回头瞥了一眼,"我得回去,我还有事。"

"您看,我们在村子里忙着征兵,也忙着购置东西。"军官说,"不过,我们会尽快办好您的事情。说真的,这些地方有好多志愿兵都不错,但没那么多好马。兽医不用检查入伍的新兵,对吧。请您在这儿稍等一会儿,我马上就回来。"

尼科尔斯上尉牵着我走过酒吧对面的拱门,进了一座大花园,那里有几个穿白大褂的男人,一个穿制服的人在桌上记着什么。

我仿佛听到老马佐依在后面喊我,于是就朝她叫了一声,让她放心。我此刻并不害怕,周围发生的事情太有趣了。我们离开的时候,军官很和善地和我说话,所以我几乎是很迫切地就跟他走了。

兽医个子矮小,长着浓密的黑胡子,忙忙碌碌的。他按遍了我的身体,抬起我的每只脚仔细检查——我不喜欢这样——接着细致地看了看眼睛和嘴巴,还闻了闻我的口气,然后让我绕着花园跑了一圈。最后他宣布说,我是最理想的良种马。

他原话是这么说的:"非常健康。干什么都行,进骑兵队或炮兵队都行。""没任何问题,牙口和马蹄都很不错。买下它,长官。"兽医说,"这马很棒。"

我被带回到艾伯特的父亲身边。他从尼科尔斯上尉手上接过钞票，迅速装进裤兜。

"您会照顾它吧，先生？"他问道，"您保证它不会有事？您知道，我儿子特别喜欢它。"他伸出手，刮了刮我的鼻子。他眼里噙着泪水。那一刻，我简直喜欢上他了。

"乖孩子，你不会有事的。"他悄悄对我说，"你和艾伯特都不会理解我为什么这样做，可我只有把你卖了才能偿还贷款，要不然就保不住农场。我以前对你不好——我对大家都不好，这个我知道，我很抱歉。"说着，他牵着佐依从我身边走开。他低着头，突然间，他整个人看上去小了很多。

这时，我才完全意识到自己被抛弃了，我开始嘶鸣，痛苦而焦虑地高声叫喊，那声音传遍了整个村子，就连平日温顺安静的老马佐依都停下脚步，不论艾伯特的父亲怎么赶她，她都不动。她转身甩了甩头，也叫了一声，表示告别。可她的叫声越来越微弱，最终她被拽走了，我看不到她了。好心人想抓住我，安慰我，但都无济于事。

我都快绝望了。这时我看到我的艾伯特穿过人群朝我跑来，脸跑得红彤彤的。此时乐队已停止演奏，全村人都看着他朝我走来，用双臂搂住我的脖子。

尼科尔斯上尉抓着我。"他把它卖了，对吗？"艾伯特抬头看着尼科尔斯上尉，悄声问道，"乔伊是我的马。不管谁买了它，它都是我的，而且永远属于我。我没法阻止我爸把它卖掉，可要是乔伊跟你们走，那我也去。我想参军，和它待在一起。"

"小伙子，你有军人的气质。"军官摘下高帽，用手背擦了擦汗。他满头黑色鬈发，看上去很和善、真诚。"你有军人气质，但是年龄不够。你太年轻了，你是知道的。我们要的士兵至少要满十七岁。过一两年你再来，那时我们再看行不行。"

"我看着像十七岁。"艾伯特近乎乞求地说，"我比大多数十七岁的孩子都高呢。"但是说这些话时，他自己也明白没用，"先生，您不会要我的，对吗？难道都不能让我去马厩干活儿吗？我什么都愿意做，什么都行。"

"小伙子，你叫什么名字？"尼科尔斯上尉问道。

"纳拉科特，先生。我叫艾伯特·纳拉科特。"

"唉，纳拉科特先生，真抱歉我没法帮你。"军官摇了摇头，重新戴上帽子，"年轻人，真抱歉。我们有规定。不过，你不用担心你的乔伊，我会好好照顾它，一直照顾到你能加入我们的队伍。这马你训练得很好，你真要为它感到自豪——这马太优秀了，非常出色。不过你父亲需要钱来保住农场，没有钱就没法经营农场，这个你必须理解。我欣赏你的气质，等你够年龄的时候，可以加入自耕农组织。我们需要像你这样的年轻人。而且恐怕这场战争会持续很长时间，要比大家想象的时间长。

到时候你就说出我的名字,尼科尔斯上尉。你能加入我们的队伍,我会很自豪的。"

"没有别的办法了?"艾伯特问道,"我什么都做不了?"

"是啊。"尼科尔斯上尉回答,"你的马现在归部队了,你现在年龄太小,没法参军。别担心——我们会照顾好它的。我会亲自照顾它,一言为定。"

艾伯特像平时一样轻轻揉了揉我的鼻子,还抚摸了我的耳朵。他竭力想微笑一下,可实在笑不出来。

"我会找到你的,你这个老呆瓜。"他低声说,"乔伊,无论你在哪里,我一定会找到你。先生,请您好好照顾它,一直到我找到它为止。全世界都找不到像它这样优秀的马——您会同意我的话的。一言为定?"

"一言为定。"尼科尔斯上尉答道,"我会竭尽全力。"接着,艾伯特转身穿过人群走了,我盯着他离去的背影,一直到看不见为止。

第五章

在上前线之前的几个星期内,我要从一匹农用马变成骑兵队的一员。这可不容易,因为我特别厌恶骑兵训练学校里的苛刻纪律,我也厌恶平原上长达几个小时又累又热的训练。

我和艾伯特在家的时候,喜欢在外面长时间地奔跑,有时沿着小道,有时穿过麦田,炎热和蚊虫似乎都不是什么问题。

我喜欢和佐依并肩犁地、耙地的时光,虽然当时很艰苦,但我和佐依之间有一条彼此信任和奉献的纽带。

现在我却要长时间围着训练学校无聊地兜圈子。我过去熟悉的那种轻便、简单的笼头不见了,取而代之的是另外一种笼头,极不舒服,扯着我的嘴角,时常不可思议地激怒我。

然而，在这段新生活中，最让我厌恶的莫过于我的骑手了。

下士塞缪尔·珀金斯个子矮小，性格坚毅，不好相处。他过去是职业赛马骑师，唯一的乐趣似乎就是管制马。

所有的骑兵和马都怕他。我感觉甚至军官都有点儿怕他，因为他似乎对马了如指掌，而且阅历极其丰富。

他骑马的方式很野蛮，下手很重。对他而言，鞭子和马刺可不是摆设。

但他从来不会打我，也不对我发脾气，有时候他给我刷洗时，我真的觉得他似乎挺喜欢我的。

我当然也会尊敬他，但这一切都是因为怕他，跟爱无关。

我生气的时候，有好几次都想把他摞下马，可惜从未成功过。他的膝盖如铁一般牢牢地顶住我，而且他好像本能地知道我想干什么。

最初接受训练的那段时间里，我唯一的安慰就是尼科尔斯上尉每天晚上来马厩看我。

似乎只有他一个人能抽出时间来和我说话，就像艾伯特以前那样。

他坐在马厩角落里一个倒扣的水桶上，膝盖上放个素描本，边和我说话边给我画像。

"我已经给你画了好几张素描了。"一天晚上他说,"等我把这张画完,就准备给你画张油画。不是斯塔布斯①的油画,要比他画得还要好,因为斯塔布斯从没见过你这么英俊的马。我没法把画带到法国去,这样做没有意义,对吧?我要把画寄给你的朋友艾伯特,这样他就知道我遵守了诺言,在好好照顾你。"

他边画边不时地上下打量着我。我多想告诉他,我真希望由他来训练我,还想告诉他,那个下士严厉得要命,我的身体两侧和双脚疼痛不已。

"乔伊,说实话,我真希望等艾伯特长大到能参军的时候,战争可以结束。因为——你听好了——战争真的很残酷,非常残酷。刚才在食堂里,他们说要开始反击德国人,说我们的骑兵会挫败他们,让他们圣诞节前就滚回柏林。只有杰米和我,乔伊,就我俩不这么看。我俩对此表示怀疑,我跟你说,我俩表示怀疑。可那些人好像从未听说过机枪和炮兵队。乔伊,你听我讲,一架机枪操作得好的话,会把世界上最好的骑兵队整个儿灭掉——不管是德国的,还是英国的。我指的是,想想在巴拉克拉瓦遭遇俄国机枪扫射的那个骑兵旅——他们没

---

① 乔治·斯塔布斯(George Stubbs, 1724–1806),英国绘画大师,其绘画内容涵盖动物、人物及风景,尤其擅长画马。

人记得那次战役①。法国人也在普法战争中吸取了教训②。乔伊，你根本没法和他们理论。你要是反对，他们就叫你失败主义者，或者宣扬些类似的谬论。这儿有些人以为只要骑兵队能打赢，我们就能赢了整场战争。"

他站起身，把素描本夹在胳肢窝下面朝我走来，还挠了挠我的耳朵根。

"你喜欢那小子，是不是？你表面是个烈性子，但内心很温柔。想想看，你我之间有好多相同点呢。第一，我们都不怎么喜欢这里，更愿意到别处去。第二，咱俩都没打过仗，甚至连开枪的声音都未曾听过，对吧？我就希望等开打时，我能做好该做的事。乔伊，这是我最担心的。我只告诉你，我都没告诉过杰米——我怕得要命，所以为了咱俩，你最好再勇敢些。"

院子里传来"咣当"的关门声，我听得出那熟悉的脚步，那是靴子在鹅卵石铺成的路上发出的清脆响声。这会儿正是下士塞缪尔·珀金斯每晚来马厩巡视的时间。他在每间马厩门口停下来查看，最后来到我所在的马厩。

---

① 一八五四年十月二十五日，在克里米亚战争中，英国指挥官下错命令，令六百余名轻骑兵穿越峡谷向巴拉克拉瓦的俄国炮兵阵地发起正面冲锋。这是一次自杀式的袭击，英军伤亡人数达到二百四十七人。
② 普法战争（1870—1871）主要是一场步兵战，经改进的步兵火力使骑兵冲击毫无结果，而障碍地带及分散的树林更使骑兵冲击成为不可能。在决定性的色当会战中，法军被普军炮兵包围，法军骑兵拼死发动了三次进攻仍没有改变战局，拿破仑三世下令停止战斗，宣布投降。

"晚上好,长官。"他说道,还毕恭毕敬地敬了个礼,"您又在素描哪?"

"下士,你好。我尽量画好点儿。"尼科尔斯上尉回答道,"尽量把它画得像样点。这马是不是整个中队里最棒的?我还从没见过这么出色的马呢,你呢?"

"是,长官,这马看着是还成。"下士答道,仅仅听到他的声音我的耳朵都会耸起来,他那种尖酸刻薄的语调让我害怕。"这点我倒是同意。但长得好并不意味着一切,对吧,长官?一匹马光好看还远远不够,是这个道理吧,长官?长官,我该怎么说呢?"

"珀金斯下士,你怎么说都可以。"尼科尔斯上尉有些冷冷地说道,"不过,你说话注意些,因为你说的是我的马,注意你的措辞。"

"要不这样说吧,我觉得这马有自己的想法。对,可以这么说。军事演习的时候,它表现很好,很有耐力,出类拔萃,可是,长官,它在训练学校里表现得可不好,一塌糊涂。长官,您能看出来吧,它从没受过正规训练。这马是农用马,它接受的是农用方面的训练。长官,它要成为骑兵队的马,就得学会守纪律。它得能迅速地、下意识地听从指挥。子弹飞过来的时候,您肯定不希望胯下有匹妄自尊大的马。"

"所幸,珀金斯下士,"尼科尔斯上尉说道,"所幸我们是在室外打仗，不是在室内。我让你训练乔伊，是因为我觉得你最能胜任——中队里没人比你更出色。不过，可能你得对它放松点儿。你得记住它是从哪里来的。它心里愿意接受训练——但是需要你好言相劝，就这么简单。珀金斯下士，就是温和一些，再温和一些。我可不希望它变得很沮丧。这马将陪我打仗，要是运气好一些，会陪我打完这仗。下士，它对我来说很特别，你知道的。所以，你一定要把它当作你自己的马一样精心照料，好吗？不到一个星期，我们就要出发去法国。要是我有时间，我倒想自己训练它，可我太忙了，得把步兵训练成骑兵。马可以驮着你，下士，可它无法代替你打仗。他们有些人还以为出去打仗只要有马刀就足够了呢。有的人真以为只挥动马刀就能把德国兵吓得跑回家。可要我说，他们得学会瞄准开枪——我们要想打赢这场战争，就得全部学会瞄准射击。"

"是，长官。"下士肃然起敬，前所未有的温和、友善。

"还有，下士，"尼科尔斯上尉边朝马厩门走去边说，"要是你能给乔伊多喂点儿料，我将不胜感激，它身体状况不如从前了，我觉得比原来差些。过两三天，我要亲自带它参加最后的军事演习，我想让它光彩夺目。它在中队里要格外引人注目。"

直到军事训练的最后一星期，我才终于进入状态。

那天晚上过后，珀金斯下士似乎对我不再那么严厉了。他不像原来那样经常用马刺，缰绳也比以前放得松了。我们在学校的训练任务比原来少些了，练得更多的是在军营外面的空地上站队形。

我现在比较适应扯嘴角的那种笼头了，开始用牙咬着它玩，就像以前咬着那种简单的笼头玩一样。我开始尽情享受美食，享受别人给我梳洗打扮，享受所有的关注和照料。

随着时光的流逝，我渐渐不再那么挂念农场生活、老马佐依以及过去的日子。不过，尽管一成不变的训练生活正无形中把我变成一匹战马，艾伯特的言谈相貌依然刻在我的脑海里。

等到尼科尔斯上尉带我出去参加赴前线前的最后几次军事演习时，我已经完全适应，甚至还挺喜欢这种新生活。

尼科尔斯上尉穿戴整齐，站在实地演习的行列中。他重重地骑在我背上，和整个队伍一起朝索尔兹伯里平原进军。

我只记得那天很热，到处是蚊虫，我们站在太阳底下等了好长时间。夕阳西下时分，全军排成梯队，准备进攻，这就是我们最后几次演习的高潮了。

有人下令使用刀剑，于是我们向前走去。在等待军号吹响时，空气中充满期待，极为紧张。这种期待在马和骑兵之间、每匹马之间以及步兵之间迅速传递。

兴奋感从我心底涌起，我都难以控制。

尼科尔斯上尉带领他的部队，和他并排走着的是他的朋友杰米·司徒尔特上尉，他胯下的马我从未见过。那是匹高大的种马，皮毛乌黑发亮。我们向前走的时候，我朝他看了一眼，正好和他目光相接。他似乎也感觉到了什么。

我们由步行很快变成小跑，接着慢跑起来。我听到军号已吹响，看见尼科尔斯上尉的马刀在我右耳上方举起。他坐在马鞍上的身子向前一倾，让我奔跑起来。耳边传来的马蹄声、呼叫声以及空中弥漫的尘土吸引着我，我从未如此兴奋过。我腾空一跃，超过其他马，和另一匹马一起，跑在最前面。和我并排的是那匹乌黑发亮的公马。

尽管尼科尔斯上尉和司徒尔特上尉都没说话，但我突然觉得有件事很重要，那就是不能让那匹马跑在我前面。我看了他一眼，发现他也这么想，此时他眼神坚定，因为专注而眉头紧蹙。

当我们占领"敌军"领地时，骑兵们最后做的就是让我们停下来。我们并排站着，累得气喘吁吁，两个上尉也累得上气不接下气。

"杰米，你看，我和你说过的。"尼科尔斯上尉颇感自豪地说，"这就是我和你说过的那匹马，在德文郡最南部买的。要是咱们再跑远点儿，你的托普桑可就难追上它了。这一点你没法不承认。"

起先，托普桑和我很警觉地看了看对方。

他比我高半只手或更高一些，身材魁梧，皮毛光滑，颇有风度地昂着头。这是我第一次碰到能和我在力量上抗衡的马，不过他的眼睛里透着和蔼，没有任何威胁的意思。

"我的托普桑可是这军团里，或任一军团里最棒的马。"杰米·司徒尔特上尉答道，"乔伊可能速度快些，而且我承认，它和其他拉奶车的马一样长得很英俊，不过说到耐力，没谁能比得上我的托普桑——它能一直不停地跑下去呢。它一个顶八个，这是事实。"

当天晚上，在回兵营的路上，两位军官为各自的坐骑争论不休，托普桑和我则肩并肩，垂着头，一步一步向前挪——我俩的力气已经被日头和长时间的奔跑消耗殆尽了。

那一夜，我俩的马厩是挨着的。

第二天我们依旧肩并肩地待在改装过的客轮的最里面，这艘客轮将带我们去法国打仗。

第六章

客轮上,大家个个兴高采烈、满怀期待。士兵们欢欣鼓舞,仿佛要参加一场盛大的部队野餐会。似乎所有人都无忧无虑。他们来小隔间照顾我们时有说有笑,以前我可从没见过他们这样。

不过,我们也需要他们信心十足,因为航行中常有暴雨,客轮在海面上剧烈颠簸时,好多马都变得高度紧张、极其恐惧。我们当中有些马想要减少束缚、感觉自由些,想找个不那么颠簸的地方站着,就绝望地在隔间里乱踢。幸好骑兵们一直在身边,安慰我们,让我们情绪平稳。

虽然塞缪尔·珀金斯下士让我渡过难关,但他并没给我任何安慰;因为,他即使拍我的时候也是一副专横的样子,我并没觉得他在安慰我。

给我安慰的是托普桑,他自始至终都很冷静。他常会把大脑袋伸过隔间,让我靠在他脖子上,这时我就努力忘掉客轮的颠簸,忘掉因周围的马恐惧不堪而造成的混乱。

然而,上了码头后,气氛一下发生了改变。

马一感觉到脚下平稳的土地,就恢复了常态,镇定自若;可当大家经过那长龙般等着上船回英国的伤员队伍时,骑兵们都陷入了沉默,神情忧郁。

我们下了船,被带着沿岸边走。尼科尔斯上尉和我并排,他扭过头朝海面看去,这样就没人能注意到他眼里的泪水。

到处都是伤员——担架上、敞开的救护车里,或扶着拐杖,每个人脸上都挂着无尽的痛苦。我们经过的时候,他们想作出一副英雄的模样,可是他们即使喊出了笑话或俏皮话,也都带着讥讽,显得很沉重。

没有一位少校,也没有一张敌军阻火力网能有眼前这惨状的巨大力量,让全体官兵陷入沉默。正是在这里,他们看到了自己将要加入的是场怎样的战争,全中队没人做好这样的心理准备。

进入开阔的郊区平地后,大家打破了这种让人不习惯的忧郁气氛,重新变得轻松起来。骑兵们又开始说说唱唱,谈笑风生。

那天和接下来的一天，我们一直步行，走了很长一段尘土飞扬的路。我们每走一个小时就会休息几分钟，之后接着行军，到了黄昏时分就在村子附近临河或近溪的地方安营扎寨。

那次行军路上，骑兵们格外照顾我们，常常下马和我们一起走，让我们得到充分休息。

最令人满意的是，每当我们在小溪边过夜时，他们都会为我们打来一桶桶清凉解渴的水。

我注意到，托普桑喝水前总要在水里晃晃头，在旁边的我就会被溅上一脸或一脖子清凉的水。

马都用拴链绑在一起，留在户外，我们当时在英国进行军事演习时就是这样。可以说，我们在野外生活方面已经训练有素。可是，入秋以后天气开始转凉，每天晚上都会起雾，湿度很大，站在外面很冷。

我们早晚倒是能吃到充足的饲料。饲料袋里有大量的玉米，随时都可以吃。和人一样，我们也要尽量学会在野外生存。

每行军一小时，就离雷鸣般的枪炮声又近了一点儿。晚上，地平线总会被两边橘黄的炮火照得通明。以前，我在兵营里听到过来复枪的枪响，所以再次听到这个我并没有感到害怕，可是大枪发出的轰隆声让我浑身战栗，使我每晚的睡眠都变成了一场场残缺不全的噩梦。

不过，每次我被枪声惊醒后，总能在身边找到托普桑，他给我鼓劲，给我勇气。

对我来说，这次战火的洗礼非常漫长，但如果没有托普桑的帮助，我大概永远也习惯不了枪声，因为当我们越来越接近前线时，愤怒的炮火和残酷的轰炸声不仅让我浑身无力，也让我士气大减。

行军路上，我和托普桑一直肩并肩地在一起，因为尼科尔斯上尉和司徒尔特上尉很少分开。和那些更乐观的军官相比，他俩似乎并不合群。

我越了解尼科尔斯上尉，就越喜欢他。

他骑马的方式和艾伯特一样，手的动作很轻柔，膝盖的力量很大，所以尽管他很壮——他是个大块头——他骑在我身上并没有多少分量。他骑行很长时间后，总会热情地鼓励我或感谢我一番。这和我先前接受训练时遇到的塞缪尔·珀金斯下士的野蛮骑法相比，真是有天壤之别。

有时我会看到塞缪尔·珀金斯下士，很同情他胯下的马。

尼科尔斯上尉不像艾伯特那样唱歌或吹口哨，但只要我俩单独在一起，他就会时不时地和我说话。

没人知道敌人的确切位置。不过，毫无疑问，敌人在前进，我们在撤退。我们要做的是，试图确认敌人不会包抄我们——我们不希望敌人包围我们，不希望他们把英国探险队全部包围起来。

但是，中队的首要任务是找到敌人，可敌人就是不见踪影。我们在郊区搜查了好些天，最后，终于措手不及地撞上了敌人——我永远也忘不了那天，我们打头一仗的那天。

从一支纵队那里传来消息，说发现敌人了，发现有一个营的步兵团正在行军路上。他们就在约一英里之外，就隐蔽在路边一大片浓密的桉树林后面。

这时传来命令："前进！组成中队纵队！拔剑！"

骑兵整齐划一地弯腰从剑鞘里拔出剑来，空中晃动着明亮的剑影，骑兵已把剑放在肩膀上。又一声命令："中队，扛剑！"

我们并排走进树林。我能感到尼科尔斯上尉的膝盖紧紧地贴着我。他松开缰绳，全身肌肉紧张，我第一次觉得他骑在我背上很重。

"乔伊，放松。"他轻声说，"放松。别紧张。我们很快就结束，别紧张。"

我回头看托普桑，见他也做好了奔跑的准备，我们都知道该奔跑了。我本能地靠近他，接着军号吹响了，我们冲出树荫，奔到太阳光下，开始战斗。

皮革发出的轻微摩擦声、挽具的铃铛声，还有匆忙中发出的号令声都瞬间被淹没了，取而代之的是震耳欲聋的马蹄声和骑兵向山谷里的敌人冲去时发出的呐喊。

我用眼角的余光看到尼科尔斯上尉的长剑闪着冷光。我感觉到了腰间的马刺，听到他宣战的呐喊。我看到前面身穿灰色制服的士兵举起来复枪，我听到致命的机枪声。

忽然，我发现没人骑着我了，背上不再有分量了，我竟然独自站在中队的最前面。托普桑也不再和我并排在一起了，不过后面的一群马让我知道奔跑的方向只有一个，那就是向前。

莫名的恐惧催我继续前进。奔跑过程中，飞起的马镫不断敲打我的身体，让我阵阵狂怒。我背上空空地跑到了手拿来复枪正跪着瞄准的敌军跟前，他们马上四下逃散。

我继续狂奔，最后发现身边没有人也没有马了，且已远离战火的咆哮。若不是发现托普桑来追我，我大概还会继续向前。骑在托普桑背上的司徒尔特上尉身体前倾，抓住我的缰绳，把我重新带回战场。

我们打赢了，我听说是这么回事；可是马尸遍野，还有的马伤势严重。仅这一次战役中，我们就牺牲了超过四分之一的士兵。一切这么快就结束了，而且死伤惨重。我们俘虏了一群穿灰制服的士兵，他们都蜷缩在树下。

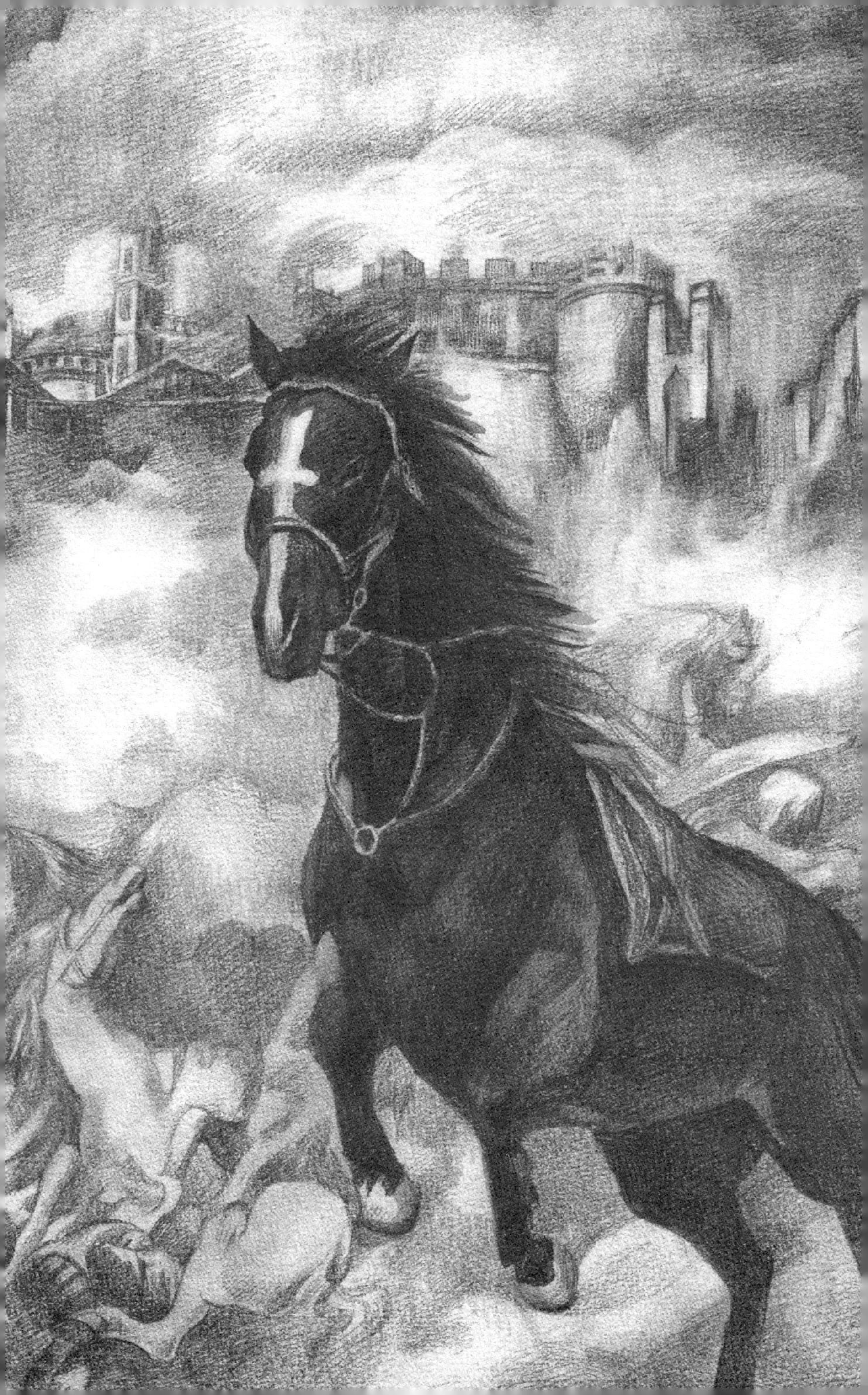

中队重新分组,大家都互相以夸大其词的口气说着刚取得的胜利。其实,这场胜利与其说是因部署得当取得的,不如说是侥幸。

我再也没见到尼科尔斯上尉,这使我悲痛极了,因为他一直都很善良和蔼,并且遵守了诺言悉心地照顾我。

在之后的日子里,我逐渐意识到,这世上难得能碰见这么好的人。

司徒尔特上尉把我牵回马队,让我和托普桑在一起。"乔伊,他要是在世的话,会为你感到骄傲的。"他说,"你那样坚持不懈,他会为你的精神感到自豪。他带领我们冲锋时牺牲了,而你替他完成了任务。他会为你骄傲的。"

当天夜里,我们在林边露营时,托普桑站在我身边。我们一起眺望远处洒满月光的山谷,我很想家。

夜晚的寂静偶尔会被站岗士兵的咳嗽声和来回的踱步声打破。枪声终于停息了。

托普桑躺在我身边,我们安然入睡。

第七章

第二天清晨,刚刚吹过起床号,我们正在饲料袋里翻找吃剩下的燕麦,这时,我看见杰米·司徒尔特上尉沿着马队大步朝我们走来,身后跟着个我从未见过的青年骑兵。

他身着宽大的外套,头戴尖顶帽,帽子下面是张粉白的脸,看上去很年轻。我马上就想到了艾伯特。

他见到我很紧张,这我能感觉到,因为他朝我走来时有些犹豫不决,不情不愿的。

司徒尔特上尉摸了摸托普桑的耳朵,轻抚了下它软软的鼻子,这是他每天早晨必做的第一件事情。然后,他探过身轻轻拍了拍我的脖子。

"喏,骑兵沃伦,我说的就是它。"司徒尔特上尉说道,

"骑兵,你再走近些,它又不会咬你。这是乔伊。这马原来的主人是我最要好的朋友,现在你来照顾乔伊,听到了吗?"他语气坚定,但不乏同情,"骑兵,我会一直注意你,因为这两匹马不会分开。它们是中队最出色的两匹马,而且它们自己也知道。"

他朝我迈了一步,把我的鬃毛拨到一边。"乔伊。"他耳语道,"你照顾一下他。他还是个孩子呢,自打仗以来他骑马骑得挺不顺利。"

当天早晨,中队从树林转移时,我发现自己无法再像和尼科尔斯上尉在一起时那样走在托普桑旁边了。

现在,我只不过是跟随在军官队伍后的众多骑兵胯下的马之一。不过,每当我们停下来吃饲料或喝水时,骑兵沃伦都会很细心地把我带到托普桑身边,这样我就可以和托普桑待在一起。

骑兵沃伦可算不上好骑手——他一骑到我背上,我立刻就知道了。他老是很紧张,重重地压在马鞍上,像一袋土豆似的。他既没有塞缪尔·珀金斯下士的丰富经验和十足信心,也没有尼科尔斯上尉的高超技艺和敏感细心。

他在马鞍上左摇右晃,没有平衡感,总把缰绳放得很短,我老得不断地来回甩脑袋,好让缰绳不那么勒得慌。不过,一旦下了马鞍,他可是最和善的人。他给我刷洗时小心翼翼，极具耐心。他会及时处理我被马鞍磨出的肿块、擦伤或小瘤子，都是我平时极易出现的问题。

自从我离家以来，还没人像他这样照顾我呢。在接下来的几个月里，正是他的精心呵护才让我存活下来。

开战以来的第一个秋天，我们打了几次小规模的战斗，但正如尼科尔斯上尉预言的那样，我们越来越少地被用于骑兵，而更多地被当作了运输步兵的工具。一遇到敌人，中队就会下马，从桶里取出来复枪，马群则被留在后面，由几个骑兵照看，不让敌人发现。

我们永远也看不到打仗的场面，只能听到远处传来来复枪的"啪啪"声和机枪的扫射声。部队返回后，中队又开始转移，每次总有一两匹马的背上没了主人。

我们好像整天都在行军。有时会忽然冲过一辆摩托车，尘土飞扬中有人大叫着下达命令，接着响起刺耳的军号声，中队又会离开行军的路，再次投入战斗。

正是在这索然无味的长途跋涉中，以及之后的寒冷深夜里，骑兵沃伦开始和我说话了。

他告诉我，在尼科尔斯上尉牺牲的那次战斗中，他自己的马被枪击中了；还说，就在几个星期以前，他开始向父亲学习打铁。接着，战争爆发了。

他说，他不想来参军。可是，村里的乡绅和他父亲谈了话，他父亲的房子和铁匠铺都是从乡绅那儿租来的，所以他父亲别无选择，只好让他来打仗。因为他从小和马一块儿长大，所以他主动进了骑兵队。

"跟你说，乔伊，"一天晚上，他在给我检查马蹄时说，"第一仗打过之后，我就没想过我会再骑上马。奇怪的是，乔伊，不知为什么，我倒不害怕打枪；但只要一想到再次骑马，我就吓得魂飞魄散。你觉得这不可能，对吗？我是个铁匠出身，怎么可能骑马打仗。现在，我不怎么害怕了，乔伊，是你帮我渡过了难关。是你让我恢复自信，让我相信自己现在可以做任何事情。我一坐到你背上，就觉得自己像身披铠甲的骑士。"

冬天到了，大雨瓢泼。刚开始时空气变清新了，因为大雨除去了灰尘，赶走了苍蝇，可很快田地和小路都成了一片泥泞。中队无法再在干燥的地上露营，因为没有足够的地方可以避雨，结果人和马都湿漉漉的。几乎没有什么东西可以在瓢泼大雨中给我们提供保护，晚上，我们都站在没过球节的、冰冷的、不断渗出的淤泥里。不过，骑兵沃伦无微不至地照顾我，无论何时何地都为我遮风避雨，只要能找到干草，他就给我擦身，让我倍感温暖。他还确保我的饲料袋里有足够的燕麦吃，让我有劲前行。

过了几个星期，大家就都注意到，他为我强健有力的身体而感到自豪，也注意到我对他很有感情。不过我心里想，要是，要是他只是给我刷洗、照顾我，而让另一个人来骑我，那就好了。

我的骑兵沃伦常常会谈谈战况。他说，我们要撤退，我们将在我们的地盘后面预先安营扎寨。

看上去，两军在泥地里都打不动了，都开始挖地。战壕很快就挖好了，各个战壕互相连接，弯弯曲曲地越过乡村，从大海这边通向瑞士。

他说，到了春天，我们又得打破僵局。骑兵可以去步兵去不了的地方，而且在战壕里跑得也快。他说，我们会给步兵演示怎么做。不过，还要熬过一个冬天，因为到那时地面才会变得足够硬，骑兵才能顺利通过。

整个冬天，我和托普桑都尽力互相遮挡雨雪。

我们能听见仅几英里之外的地方，机枪没日没夜地互相扫射。我们的脑海里还浮现出士气饱满的士兵戴着锡帽、面带微笑、哼着歌、吹着口哨、迈步向前线行军的样子，而如今看到的却是残兵败将，他们挣扎着，一脸憔悴，一言不发，他们身穿雨披，雨水滴个不停。

骑兵沃伦时不时会收到家信，他会小心翼翼地轻声念给我听，生怕别人听见。这些信都是他妈妈写来的，每封信的内容都大同小异：

我亲爱的查利：

你爸爸和我都希望你平安无事。我们都想念你和我们一起过圣诞节的日子。你不在家,餐桌显得空荡荡的。

不过,你弟弟会随时帮我们干些活儿,你爸说,弟弟会很有出息,尽管他现在还小,还没有力气牵马。

明妮·惠特尔,汉尼福德农庄的那个老寡妇,上星期在睡梦中去世了。她八十岁了,所以也没什么可抱怨的,不过我想,如果有可能,她还是会抱怨的。她是世界上最能抱怨的人了,你还记得吗?

好了,儿子,咱家就这些消息。

你的萨莉问候你,她让我告诉你,她很快会给你写信。

注意安全,最亲爱的儿子,快点回家。

爱你的妈妈

"不过,乔伊,萨莉是不会写信的,因为她不会写字,哦,反正写不好。这场破战争一结束,我就回家和她结婚。乔伊,我和她是一块儿长大的,特别了解她,估计都快赶上对自己的了解了,而且我很喜欢她。"

骑兵沃伦让那年冬天不再单调乏味。他让我精神振奋。我看得出来,托普桑也很喜欢他来看我们。他从来都不知道这给了我们多大的鼓舞。

那个冬天很恐怖,好多马被送到兽医医院之后就再也没回来。我们像其他的战马一样,鬃毛都被剪短,就像要去打猎似的,下半身都暴露在雨水和泥泞中。体弱的马先得病,他们的恢复能力差,身体很快就垮了。

我和托普桑熬到了春天,托普桑大病了一场,但幸免于死。他当时咳嗽不止,咳起来整个骨架都在晃动,似乎要掏空体内的生命。司徒尔特上尉救了他一命,他给他喂热乎乎的软和饭,天气不好时尽可能给他盖得暖和些。

早春的一个夜晚,天寒地冻,我们的后背上都落了霜。骑兵们很反常,绝早就来到马队,当时天还没亮呢。前一天晚上打得很激烈。军营里忙忙碌碌,军心振奋。

这可不是我们所期待的例行训练。骑兵们整装待发,身上挂着两排子弹袋,还有防毒气用的粗帆布背包、来复枪和剑。我们被套好马鞍,默默地走出军营,来到大路上。

骑兵们谈论着即将到来的战斗,他们在马背上唱歌,所有因无奈的无所事事而引起的烦恼和不快都烟消云散了。我的骑兵沃伦和他们一样开心地唱着歌。

到了晚上,寒意袭人,天色灰暗,中队与军团到一个村庄里汇合。在那个打仗打得只有猫幸存下来的村子里,我们等了一个小时,直到黎明的曙光悄悄爬上地平线。

愤怒的枪声依然响成一片,我们脚下的土地在震动。

我们走过部队医院,躲过轻机枪,然后踏过支援用的战壕,我这才第一次见到战场。

所到之处满目疮痍,废墟中没有一栋完好无损的楼房,不见一片绿叶。四周的歌声戛然而止,我们继续在死一般的寂静中前进,来到满是士兵的战壕,他们的刺刀和来复枪接在一起。我们咣当咣当地越过木板,进入荒芜的无人区。地上一片狼藉,周围是铁丝网,地上是子弹壳留下的窟窿。

这时,士兵们发出欢呼声。忽然,头顶的枪声停止了。我们穿过铁丝网。中队一字排开,形成长短不一的纵队,这时军号响了。我能感到马刺刺痛了我的腰部,我们开始向前小跑起来,我身边就是托普桑。

"乔伊,好好表现,让我为你自豪。"骑兵沃伦拔出剑说,"让我为你自豪。"

第八章

我们像平时训练一样只前进了一小会儿。在无人区怪诞的静寂中,只能听到挽具的铃铛声和马的鼻息。我们尽可能在队伍里走,小心翼翼地绕过炸弹坑。我们前方的一个缓坡顶上原先是片树林,现在被炸得体无完肤。

过了树林就是一道生锈的、难看的铁丝网,沿地平线延伸到无限远的地方。

"铁丝网,"我听见骑兵沃伦低声说,"乔伊,噢上帝,他们说铁丝网会消失,他们说机枪能消灭铁丝网。上帝啊!"

这时,我们跑得更快些了,可还是没见敌人的踪影。骑兵们对着看不见的敌人大喊大叫,他们的身体前倾,拔出剑准备迎敌。我快跑了几步,追上托普桑。

正在这时，第一批子弹落在我们中间，机枪开火了。疯狂的战斗开始了。我四周的人高声呐喊着倒在地上，马群也抬起他们的后腿，痛苦而又恐惧地尖叫。

我两边的土地都被炸开了，马和骑兵被抛至空中。子弹从头顶呼啸而过，每次爆炸都像地震似的。不过，中队依然不可遏制地快步向前奔跑，穿过枪林弹雨，朝山顶上的铁丝网方向跑去，我也紧随其后。

骑在我背上的骑兵沃伦用腿紧紧地夹着我。有一下我绊倒了，觉得他一只脚滑出了马镫，于是就放慢速度，好让他找到马镫。托普桑仍然领先，他高高地昂着头，尾巴左右摆动。我顿时觉得双腿强劲有力，朝他追去。

骑兵沃伦边骑马边出声祈祷，不过，一见到周围的惨状，他的祷告顿时变成了诅咒。只有几匹马到了有铁丝网的地方，我和托普桑也在其中。

我们的轰炸的确让铁丝网破了几个洞，这样我们当中的几匹马就可以穿过去。最后，我们到了敌军战壕的第一排，不过战壕里空空如也。

枪声从树林里的高处传来；所以，中队，或者说剩余的队伍，重新组合，快步跑入树林，结果碰到了树林里一道隐蔽铁丝网。有些马来不及停下，撞到铁丝网上，一下子被挂住了，马背上的骑兵发疯般要挣脱。

我看见一个骑兵下了马，拔出来复枪，朝他的坐骑开枪，然后自己也倒在铁丝网上死去。我立即明白了，目前别无他路，只有跳过铁丝网才行。我看到托普桑和司徒尔特上尉跳过了最低处的铁丝网，我也跟着他们跳过去，最后到了敌人中间。

敌军头戴尖尖的头盔，从四面八方的战壕里，从每棵树的背后涌上来反击。他们冲过我们身边，根本不把我们放在眼里。最后我们被敌军包围了，他们拿来复枪对着我们。

忽然，枪声停了。我看了看四周，发现没有人了，身后是失去了骑兵的战马。这就是一支让人自豪的骑兵中队仅剩的力量。这些马都朝我们的战壕奔去。山下人马死伤遍地。

"骑兵，把剑扔了。"司徒尔特上尉在马背上说，一边把自己的剑扔到地上，"今天已经毫无意义地杀了太多的人，没有必要再杀下去了。"

他骑着托普桑朝我们走近了些，勒住缰绳，说："骑兵，我以前对你说过，我们中队有最出色的马，今天，这些马向我们证实了这一点，它们是最棒的，在整个军队中都是——它们身上没有任何伤。"

德国士兵包围过来时，他下了马，骑兵沃伦也下了马。他们并排站着，手里拿着我们的缰绳。

我们回头望了望山下的战场。有几匹马还在铁丝网上挣扎，但是它们都被走上前去的德国步兵一个个地解除了痛苦，这些德国兵已经回到战壕里。这是此次战役最后的枪声。

"真是浪费，"上尉说，"真是可怕的浪费。也许他们看到这个场面就会明白一件事，不能派马去抵抗铁丝网和机枪。也许现在他们会重新考虑了。"

我们周围的敌兵似乎很警觉，他们远远地站在一边，似乎不知道该怎么处理我们。

"长官，马怎么处理？"骑兵沃伦问道，"乔伊和托普桑，现在它们怎么办？"

"和我们一样，骑兵。"司徒尔特上尉答道，"它们和我们一样成了战俘。"

我们两边都是几乎一言不发的德国士兵，我们被带过了山头，来到山谷里。因为战火尚未烧及此处，这里的山谷依旧一片翠绿。

这期间，骑兵沃伦一直用胳膊搂着我的脖子安慰我，我当时能感觉到他要和我道别。

他对着我的耳朵悄声说："别以为他们会让你跟我走，乔伊。我倒希望他们让你跟着我，不过他们不会那样做的。但是，我不会忘记你，我保证。"

"骑兵，别担心。"司徒尔特上尉说，"德国人和我们一样喜欢马。它们不会有事。再说，托普桑会照顾你的乔伊——这一点你尽可以放心。"

我们出了树林，朝下面的大路走去，这时领队的人让我们停下。

司徒尔特上尉和骑兵沃伦被人沿着大路带向另一个方向，那里有些被炸毁的建筑物，原来肯定是村庄；而我和托普桑则被带着穿过田地，来到山谷深处。

我们没有时间依依惜别，他们只是最后摸了一下我们的鼻子。转眼他们就不见了。他们离开的时候，司徒尔特上尉用胳膊搂着骑兵沃伦的肩膀。

第九章

我们由两个有些紧张的士兵带着,穿过农田边的小径,走过果园,又过了一座桥,最后被拴在战地医院帐篷旁边,离我们刚才被俘虏的地方只有几英里。马上就围拢过来一群伤员。

他们过来对我们又拍又敲,我很不耐烦地摇了摇尾巴。我又饿又渴,还很生气,因为我和我的骑兵沃伦被分开了。

似乎还是没人知道该怎么处理我们,最后从帐篷里走出一个军官,他头上缠着绷带,身穿一件灰色长大衣。他个子高大,比周围的人高出整整一头,举手投足间都清楚地表明他惯于发号施令。他脸上的绷带遮了一只眼,所以只能看见半张脸。

他朝我们走过来的时候，我注意到他的一只脚有些跛，缠着厚厚的绷带，需要拄拐。士兵们一见他走来，立刻向后退去，笔直地站好。

　　他看了看我们，毫不掩饰对我们的敬畏，边看边摇头，还叹了口气。然后，他回头对着士兵们说："有好几百匹这样的马都死在咱们的铁丝网上。我告诉你们，要是我们有这些动物的一点点勇气，我们现在就会在巴黎，而不是在泥地里挣扎。这两匹马经历过地狱般的战火来到这里——它们是唯一成功抵达这里的马。被派来做这样的傻事可不是它们的错。它们不是马戏团的动物，它们是英雄，你们明白吗？英雄，它们应该被当作英雄对待。而你们却站在周围，呆头呆脑地看着它们。你们当中没有人受重伤，大夫这会儿也没工夫来看你们。所以我想让人为这两匹马解下马鞍，给它们按摩一下，马上喂它们吃东西，给它们喝水。它们需要燕麦和干草，还需要一条毯子。好了，赶紧行动起来。"

　　士兵们迅速朝四面散开。没过几分钟，我和托普桑就受到盛情款待，这款待让我们觉得有点儿别扭。他们中似乎没人和马打过任何交道，不过我们也不介意，因为他们带来了饲料和水，这让我们感激不尽。

　　那天早晨，我们什么都不缺，高个儿军官靠着拐杖站在树下，不断指挥着士兵。他时不时地过来摸摸我们的后背和腿，不住地点头表示赞赏，在检查我们的时候，他还和士兵们讲解养马应注意的一些细节。

后来，从帐篷里走出一个穿白大褂的人，来到军官身边。他头发蓬松，脸色因过度劳累显得苍白，褂子上血迹斑斑。

"霍普特曼先生，总部打来电话，专门对马做了指示。"穿白大褂的人说，"他们说让我用这两匹马，让它们抬担架。霍普特曼先生，我知道您的想法，但恐怕您不能带走它们。我们这里迫切需要这两匹马，照现在这种情况，恐怕我们还需要更多的马。这才打了第一仗——以后还有更多场仗呢。我们做好了打持久战的准备——战争会持续很长时间的。我们和敌方势均力敌，一旦开始打仗，就要证明点什么，而这需要付出时间和生命的代价。我们需要获取一切可以得到的交通工具做救护车用，不管是电动的，还是马拉的。"

高个子军官挺身站直，气愤不已。他朝白大褂逼近的样子很可怕。"医生，您不能让英国骑兵队的宝马来拉马车！我们的任何一个马队，甚至我自己的蓝瑟马队，都会为拥有像它们这么优秀的马感到自豪和荣幸。您不能那么做，医生，我不会允许的。"

"霍普特曼先生，"医生耐心地说道——显然他并没有被吓住，"您真的认为在今天早上这场疯狂的战役后，双方还会用骑兵打仗吗？霍普特曼先生，您难道不能理解我们需要交通工具吗？我们现在就需要。战壕里的担架上躺着好多士兵，英勇的士兵，德国兵，英国兵，而我们现在没有足够的交通工具把他们送回医院。霍普特曼先生，您想让他们都死去吗？告诉我，您想让他们死吗？要是让这些马拉上车，它们能把几十个士兵送回医院。我们的救护车不够用，要么抛锚，要么陷在泥里。霍普特曼先生，求您了。我们需要您的帮助。"

"全世界，"德国军官摇摇头说，"全世界都疯了。连出身这么高贵的马都被迫成为拉车的畜生，全世界的人都疯了。不过我明白您是对的。我是长矛骑兵，先生，不过即便这样，我也知道人比马重要。但是，您必须保证派个懂马的人负责照顾这两匹马——我可不想让满手油污的技师去碰这两匹马。您必须告诉他们，这两匹马是用来骑的。不管有多高贵的理由，它们都不会轻易习惯拉车。"

"谢谢您，霍普特曼先生，"医生说，"您真好。不过我有个想法，霍普特曼先生，我敢肯定您会同意的。首先得有个专家来训练它们，尤其因为它们从未拉过车。问题是，我这里只有护工。倒是有个护工打仗前在农田里和马打过交道。不过说实在的，霍普特曼先生，我这里没人能管好这两匹马,只有您能。您需要随下一批救护车去基地医院,可是今晚之前救护车都不会到。我知道不应该要求伤员做这么多事,可您看,我实在没有办法。那里的农民有好几辆马车,我想应该有您所需要的马具。您说呢,霍普特曼先生,您能帮我吗?"

缠着绷带的军官一瘸一拐地走到我们跟前,轻轻摸了摸我们的鼻子。他笑了笑,点点头。

"很好。这可是亵渎神灵啊。医生,亵渎神灵。"他说,"不过,要是必须得这样做,我宁愿亲自来做,保证把它们训练好。"

于是,我们被俘虏的那天下午,我和托普桑被套上一辆装干草的旧车,军官指挥两个护工,赶着车穿过树林,奔向枪林弹雨和等我们接走的伤员。

托普桑一直处于紧张状态,显然他从没拉过马车。终于轮到我帮他一次了,带领他,感谢他,鼓励他。一开始是军官带着我们,拄着棍子在我身边一瘸一拐地走,不过,他很快就有了信心,便和两个护工一起上了马车,由他拉着缰绳。

"你原来拉过车的,我的朋友,"他说,"我能看出来。我老早就知道英国人很疯狂。这会儿我知道他们用你这样的马拉车,我就更坚信不疑了。这场战争就是这样,我的朋友,就是要看哪一方更疯狂。显然,你们英国人在开始的时候占优势。是你们先疯狂起来的[①]。"

那天的下午和晚上，战争进行得非常激烈，我们长途跋涉到前线，装满一车担架，再送回战地医院，走一趟就要跑上好几英里，所经之处无论是大路还是小径，都遍布弹洞，随处可见骡子和人的尸体。

双方的大炮接连不断地轰炸。两方士兵都穿过无人区朝对方扑去，一整天都能听到枪炮在头顶咆哮，能走路的伤员成群结队地沿路返回。他们头盔下面的面孔是灰白色的，我以前在哪个地方曾看到过同样的一群士兵。不过，他们的制服不一样——这群士兵穿的是灰色制服，上面滚着红边，戴的也不是宽边的圆头盔。

快到晚上时，高个儿军官才离开我们，他挥手和我们以及坐在救护车后面的医生告别，直到我们的车颠簸着走过田地，从他的视线中消失。

医生转身对和我们共处了一天的护工说："一定要照顾好它们，那两匹马。它们今天可是救了好多条命，它们救了好多德国人，还救了好多英国人，它们值得好好照顾。一定要确保它们得到最好的照顾。"

那天夜晚，我和托普桑在参战以来第一次享受到了马厩的奢侈待遇。

[①] 第一次世界大战以一九一四年八月四日午夜英国对德国宣战作为其正式爆发的标志。所以此处德国军官对英国马说"是你们先疯狂起来的"。

距医院不远的麦田里有一处农庄,那儿有个棚子,里面没有鸡鸭和猪。

我们被带进去,发现里面的架子上全是甘甜的干草,还有好多桶清凉解渴的水。

那天晚上,吃过干草之后,我和托普桑一起躺在棚子的最里面。

我在半睡半醒中,只觉得肌肉生疼,腿脚酸痛。忽然,门"吱呀"一声开了,马厩里洒满橘红色的灯光。随即传来脚步声。我们抬头看是怎么回事。

那时我一阵恐慌,有那么一刻,我都以为回到了原来的家,和老马佐依待在马厩里。那跳跃的灯光让我非常警觉,一下子想到了艾伯特的父亲。

我马上站起来,退到灯光后面,和托普桑待在一起,让他保护我。

不过,那人说话的声音不像艾伯特的父亲那样刺耳、醉醺醺的,而是非常轻柔、温和,是个女孩的声音,一个年轻姑娘。

这时,我看见灯光后面有两个人,一个老头儿,衣衫褴褛,弯腰驼背,他旁边站着个年轻姑娘,裹着披肩。

"您看,爷爷,"她说,"我告诉过您的,他们把马放在这里了。您见过这么漂亮的马吗?哦,爷爷,它们能归我吗?求您了,它们能归我吗?"

第十章

要是在噩梦中有可能感到快乐的话，那么可以说，那个夏天我和托普桑都很快乐。

每天，我们都冒着危险沿同样的路线到最前线，尽管双方都不断地进攻和反攻，但双方的前线也仅向前移了几百米。

我们的救护马车从战壕拉走伤病员，成了沿途大家所熟悉的场景。行军的士兵走过我们身边时，不止一次地对着我们欢呼。

有一次，我们走了好长时间，感到十分疲倦，虽然当时正上演最激烈的轰炸，我们却顾不上害怕。一个身穿长袍的士兵身上沾满血迹和泥土，走到我身边，用没受伤的胳膊搂住我的脖子，亲了我一下。

"谢谢你，朋友，"他说，"我从没想过他们会让我们离开这个鬼地方。我昨天捡到这个东西，本想留给自己，不过我知道这应该属于谁。"

他向前走了一步，把一条沾满泥土的丝带挂到我脖子上。丝带的一端是一枚铁十字勋章①。

"你得和你的朋友一起分享了。"他说，"他们告诉我，你们都是从英国来的。我敢打赌，你是这场战争里第一个赢得铁十字勋章的英国佬儿，也是最后一个，这毫无疑问。"

医院帐篷外面排队等候的伤员开始鼓掌、欢呼，引得医生、护士和病人都从帐篷里跑出来，想看看在这样的愁云惨雾中有什么事情值得欢呼。

他们把我们的铁十字勋章挂在马厩门外的一枚钉子上，在少有的不打仗的那几天，在战火暂时停息、我们不用去前线的时候，一些能走的伤员会从医院走到农庄来看我们。他们的仰慕让我困惑，但我很喜欢这样。

只要一听到有人进了院子，我就把头探过高高的马厩门往外看。我和托普桑并排站在门口，接受人们对我们不住的夸奖和无尽的崇拜——当然，有时他们会带些

---

①铁十字勋章是由普鲁士国王腓特烈·威廉三世设立的德国军事勋章，曾在拿破仑战争、普法战争、第一次世界大战及第二次世界大战等多次战争中颁发，授予那些在战场上表现英勇的战士和为战争胜利作出其他贡献的人。

见面礼，一块糖，或是一个苹果。

但给我印象最深的是那年夏天的夜晚。

我们一般在黄昏的时候才能"咣当咣当"地回到院子里；马厩门口总有两个人在等着，就是第一天晚上来看我们的那个小女孩和她的爷爷。

护工把我们交给他们来看护——这样也好，因为这些护工虽然很和善，但并不熟悉马性。是埃米莉和她爷爷坚持要照顾我们的。他们给我们进行全身按摩，处理我们身上的擦伤和疮。他们喂我们吃东西，给我们喝水，还给我们刷洗身体，并且总会找些稻草铺上，让我们的床又干燥又暖和。

埃米莉给我们做了条流苏绑在眼睛上，这样苍蝇就不会来烦我们。温暖的夏夜里，她带我们去农舍后面的草坪吃草。她会一直和我们待在一起，看着我们吃，直到她爷爷叫我们回去。

她长得很娇小、瘦弱，却自信满满地带我们在农庄周围溜达，讲着她一天做过的事情，还夸我们如何勇敢，说她如何为我们感到骄傲。

当冬天再次来临、地里的草已变得味同嚼蜡时，埃米莉会爬到马厩上面的阁楼里，从上面给我们扔下干草，然后躺在阁楼地板上，透过地板门看我们从架上取下干草，吃下去。

她爷爷忙着照顾我们的时候,她会开心地反复说,等她长大了,有力气了,那时战争也结束了,所有的士兵都回家了,她会骑着我们穿过树林,一次骑一匹,到时候只要我们永远和她在一起,我们就什么都不缺。

　　到现在,我和托普桑可算是身经百战了,这鼓舞着我们每天早上穿过炮火奔向战壕。

　　不过还不只这个原因。我们期待和渴望的是每天晚上回到马厩,期待小埃米莉等在那儿,安慰我们,给我们爱。

　　任何一匹马都会本能地喜欢孩子,因为他们说话很温柔,还因为他们个子不高,不会造成威胁;不过,对我们来说,埃米莉可是个很特别的女孩,她每分钟都和我们待在一起,把她全部的爱都给了我们。

　　她每天晚上都熬夜给我们按摩,做脚部护理;黎明时分就起床,看着我们吃饱,直到我们被护工带走,套上救护用的马车。

　　她常常爬到池塘边的墙上,站在上面挥手,尽管我没法回头看,但我知道她会一直待在那里,直到看不见我们。晚上我们回来的时候,她也会等在那里,看到我们和马车分开时,她会兴奋得双手紧紧扣在一起。

　　但是,刚入冬的一个夜晚,她没有像往常一样等着我们回去。

那天，我们比以往更加疲劳，因为入冬以来的第一场雪封住了通往战壕的路，只有马车能通过，我们运送伤员的次数不得不加倍。我们疲惫不堪，又饥又渴，被埃米莉的爷爷领进马厩。他一句话也没说，很快把我们料理好，就匆匆穿过院子进了屋。

那天晚上，我和托普桑站在马厩门口，望着轻盈的雪花从天而降，灯光在农舍里闪烁。没等老人回到马厩告诉我们发生的一切，我们就料到一定出事了。

他很晚才回到马厩，脚下的雪发出"咯吱咯吱"的声响。如我们所愿，他给我们做了几桶热乎乎的菜泥。接着，他坐在灯下的稻草上，看着我们吃。

"她为你们祈祷，"他慢慢地点着头说，"你们知道吗，她每天晚上睡觉前都要为你们祈祷。我听见了。她为死去的父母祈祷——才开战一个星期他们就被杀死了。一粒子弹，杀死他们只需要一粒子弹。她还为她再也见不到的哥哥祈祷——她哥哥刚刚十七岁，连座坟墓都没有。他似乎只活在我们的记忆里。她还为我祈祷，祈祷战争远离这个村子，我们可以平安无事。最后她为你们俩祈祷。她祈祷两件事：一是你们都能在战争中幸免于难，继续活下去，二是如果你们活着，她希望能和你们在一起。我的埃米莉，她还不到十三岁，这会儿她躺在自己的屋里，我不知道她能不能活到明天早晨。医院里的德国大夫对我说是肺炎。虽然他是德国人,我也要说他是个非常好的医生。他已经尽了最大努力,现在一切都靠上帝了。可到现在为止,上帝对我们家并不怎么照顾。要是她去了,要是我的埃米莉死了,那我生命中的最后一点儿希望之光也要熄灭了。"

他抬起满是皱纹的脸看着我们,擦去泪水。"要是你们能听明白我刚才说的话,就向你们平时祈祷的对象为她祈祷吧,就像她为你们祈祷那样为她祈祷吧。"

那天晚上打得很激烈,第二天天没亮护工就来了,把我们领到雪地里套上马车。我们没见到埃米莉和她爷爷。我和托普桑拉着马车走过没有足迹的雪地,费尽浑身力气,把空车拉到前线去。白雪完全掩盖了弹洞和车辙,我们陷入雪堆和下面的泥坑时,要使劲地挣扎才能出来。

幸亏有两个护工帮忙,我们才到了前线。只要一碰到困难,他俩就从车上跳下来,使劲推车轮,直到我们从坑里出来,马车又在雪地里跑起来为止。

前线近旁的包扎站里,伤员已经人满为患,我们得运回比以往更多的伤员。不过,幸好回来的路基本是下坡。

有人忽然记起那天是圣诞节,于是,在回来的路上,士兵们都唱起舒缓的圣诞颂歌。这些伤员多数都已被毒气熏瞎了眼睛,所以当他们唱歌时,还有人因为失明而痛苦得大喊。

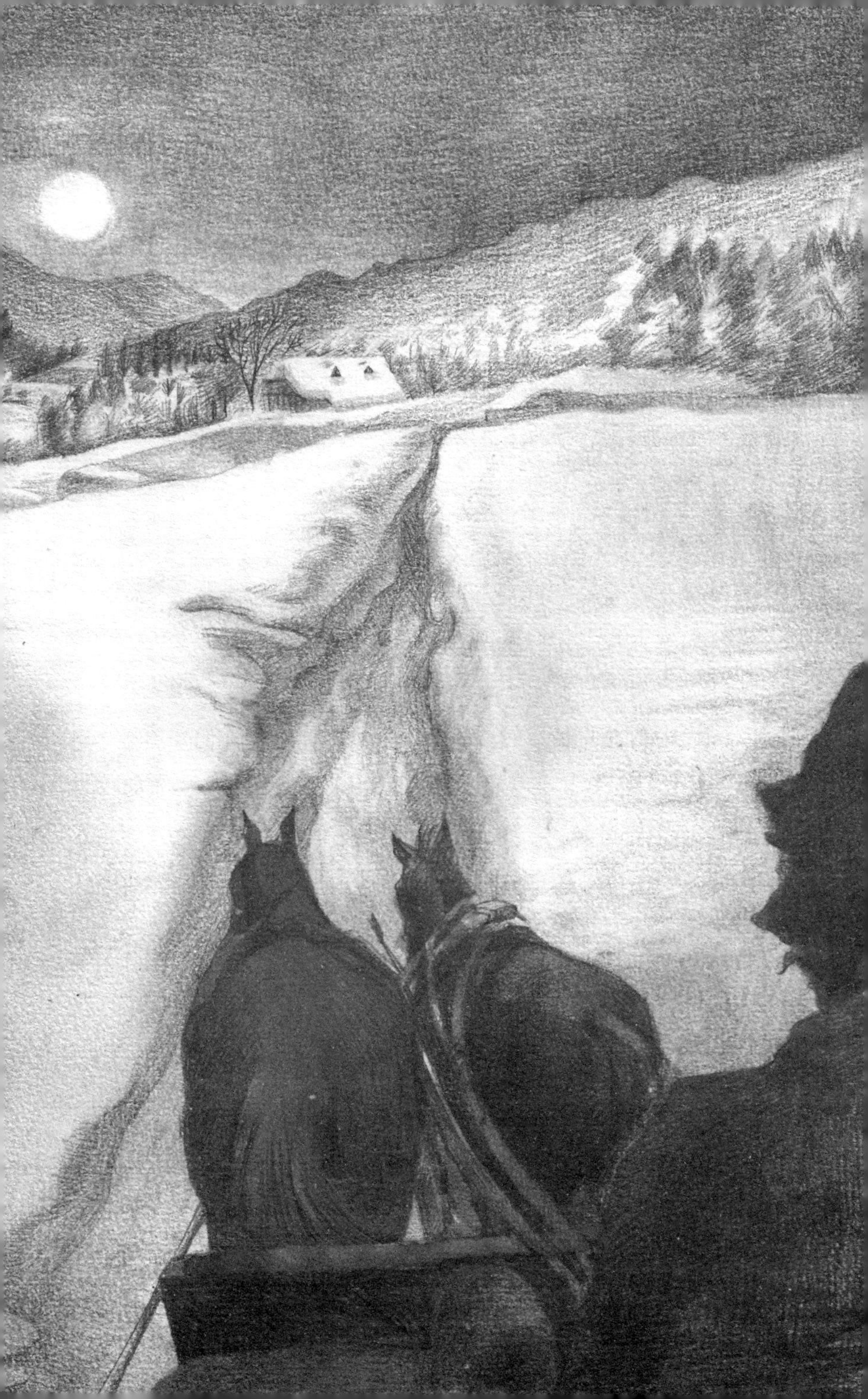

那天，我们往返了很多趟，直到医院无法接收伤员，我们才停止运送。我们回到农庄时，已是满天星光。枪声已经停止。战火不再把天空照得大亮，不再遮住星光。

终于有了和平的一夜，至少这一夜是和平的。

院子里的雪在下霜后冻得硬邦邦的。我们的马厩里闪烁着灯光，埃米莉的爷爷从屋里出来，走到雪地里，从护工手中接过缰绳。

"今天晚上真好，"他边说边带我们进了马厩，"今晚真好，一切都不错。你们有菜泥和干草吃，有水喝——今天晚上我给你们多加了食，不是因为天冷，而是因为你们祈祷了。你们一定是向马国的上帝祈祷了，因为我的埃米莉在吃午饭时醒过来了。她坐起来，你们知道她说的第一句话是什么吗？我告诉你们，她说：'我得起床，它们回来时，我得给它们准备好菜泥。它们会很冷、很累。'那个德国医生让她躺在床上休息的唯一办法，就是保证今晚多喂你们些吃的。她还让他保证，只要天气持续低温，就要每天都多喂你们一些。进去吧，我的乖孩子们，吃个痛快吧。我们今天收到了圣诞礼物，对吧？一切都好，我和你们说过的。一切都好。"

第十一章

至少暂时一切都好。因为那年春天，战争忽然离我们远去了。

我们知道战争还没有结束，因为还能听到远处传来的惊天动地的轰炸声，步兵也时不时地穿过农庄向前线开进。但这时候要接回的伤员比原先少多了，我们拉着救护马车往返于战壕的次数也日渐减少。

我和托普桑差不多每天都在池塘边的草坪上吃草。不过晚上依然很冷，偶尔还会降霜，我们的埃米莉总会在天黑前把我们接回去。她并不需要动手牵我们。她只需叫一声，我们就跟她走。

埃米莉病了一场后身体很虚弱，她在马厩里找事做的时候咳得挺厉害。

这阵子,她时不时地用力爬到我的背上,我会慢慢地绕着院子走一圈,然后再去草坪,托普桑紧跟在后面。

她骑我的时候不用缰绳,也不用马鞍、嚼子、马刺,她骑到我背上,不是一副主人的架势,更像是朋友。

托普桑比我更魁梧,她发现要骑到托普桑身上很不容易,从他身上下来就更困难了。有时她把我当作踏脚石,通过我再爬到托普桑的背上去,不过这种尝试对她来说可是件难事,她摔过不止一次。

不过,我和托普桑之间从没有嫉妒之心,他对在我们旁边小跑感到很满足,埃米莉什么时候想骑在他背上,他都愿意驮她。

一天傍晚,草坪上的栗子树挡住了夕阳的余热,我们在外面的树下乘凉,这时传来从前线返回的大卡车车队前进的声音。他们进农场时朝我们喊了一声,我们认出那是战地医院的护工、护士和医生。

车队一停在院子里,我们就从池塘边奔到了门口,想去看个究竟。埃米莉和她的爷爷从挤奶棚里走出来,和医生交谈起来。

突然间,我们发现,我们已经很熟悉的护工都围了上来。他们爬过篱笆,热情地拍打、抚摸我们。他们很兴奋,但又有些忧伤。埃米莉喊叫着朝我们跑来。

"我就知道会是这样,"她说,"我早就知道。我祈祷这一天到来,这一天果然到了。他们不需要你们拉车了。他们要把医院搬到山谷边上。那里有一场很大很大的战役要打,所以他们要搬走,离开我们了。不过,他们不想把你们带走。那个善良的医生告诉爷爷说,你们俩可以留下来。这是一种报答,因为我们给了他们马车和食物,而且整个冬天我们都在照顾你们。他说,你们可以待在这里,在农田里干活儿,等部队需要你们的时候再说。他们永远不会需要你们的,要是他们需要,我就把你们藏起来。我们永远不会让他们带走你们。是不是,爷爷?永远不会,永远不会。"

在漫长的依依惜别之后,车队在飞扬的尘土中上路了,我们留在了祖孙俩平静的生活里。这种平静的确很甜美,但十分短暂。

我真高兴我又成了农用马。

第二天,托普桑套上挽具开始和我并肩干活儿,割草、翻草。

头一天我们在田地里干活儿的时间很长,埃米莉抱怨说,她爷爷让我们干太多活儿了。

她爷爷用手抚着她的肩膀说:"埃米莉,你说得不对。它们喜欢干活儿,它们需要干活儿。再说,埃米莉,我们要继续生活下去,就必须像以前那样干活儿。士兵们现在已经走了,要是我们努力装出若无其事的样子,也许战争就会远离我们。我们必须像从前那样生活，割草、摘苹果、耕地。我们不能得过且过。我们有食物吃才能活下去，而我们的食物从地里来。我们要想生活下去，就必须在地里干活儿，这两匹马必须和我们一起干。它们并不介意，它们喜欢干活儿。埃米莉，你看，它们看上去不开心吗？"

对托普桑而言，从拉马车换到拉翻草机并不难，他很快就适应了；对我来说，自从离开德文郡的农场以来，我无数次在梦中回到那里，如今这个梦终于实现了。我又能和一群乐观开朗的人一起劳动了，他们很照顾我。

那年的丰收季节，我和托普桑竭尽全力把装满干草的马车拉到农庄，由埃米莉和她爷爷卸掉干草。

埃米莉依然尽心地呵护我们——我们的每个小伤口她都会立即护理好，不管她爷爷怎么理论，她就是不让他过度地使用我们。

不过，在战争期间，回归宁静的农用马生涯的时间不会太久。

一天晚上，干草就快被全部运完的时候，士兵们回来了。我们当时在马厩里，听见远处传来马蹄声。

纵队开进院子里，经过鹅卵石道的时候，车轮发出辘辘声。六匹马拉着一辆车，车上是很重的大型机枪，他们站在那里，累得直喘气。马背上的人个个表情严肃，灰色帽子下的双眼露出坚毅的目光。

我立刻注意到，这些人不是几个星期以前刚和我们告别的好脾气的护工。他们表情古怪，显得很严厉，眼里透着警觉和紧张。他们当中几乎没人会大笑，甚至连个微笑都没有。这可和我们原来接触的人不一样。

只有一个赶救护马车的老兵上前抚摸我们，还很和善地和埃米莉说话。

炮兵队和埃米莉的爷爷协商了一下，他们当晚就在我们常去的草坪露营，还让马在我们的池塘里喝水。

我和托普桑很激动，因为新来了一群马。整个晚上，我们都把头伸到马厩门外和他们打招呼，不过他们大部分似乎都太累了，没办法回应我们。

那天晚上，埃米莉过来给我们讲这些士兵的事，她说话的声音很小，看得出她忧心忡忡。

"爷爷不喜欢他们来这里，"她说，"他不信任那个军官，说那军官的眼睛像黄蜂，你是不能相信黄蜂的。不过，他们早上就会离开，明早我们就又自由了。"

第二天一大早，夜色消失在天边，有人来到我们的马厩。

这人的制服上满是尘土，面白体瘦，戴了副金属框眼镜，在门口探头观察我们。他紧盯着我们，眼珠好像都要掉出来了。他一边仔细打量我们，一边点头。他站了几分钟，就离开了。

天大亮时，炮兵队在院子里集合，准备出发。

这时只听有人不断地敲农舍的门，我们瞧见埃米莉和她爷爷穿着睡衣从屋里出来。

"先生，你的这两匹马，"戴眼镜的那个军官颐指气使地说，"我要带走。有一辆车只有四匹马，我还需要两匹。这两匹马看上去不错，挺健壮，它们很快就会适应。我们要带走它们。"

"可是，没有马，我怎么干农活儿？"埃米莉的爷爷说道，"这两匹马只是干农活儿用的，它们不会拉枪支。"

"先生，"军官说，"现在在打仗，我得用马来运枪。我必须带走马。你农庄上的活儿是你自己的事情，我必须要这些马。部队需要他们。"

"可是您不能这样做，"埃米莉大叫道，"这是我的马。您不能带走。爷爷，别让他们带走马，拦住他们，求您别让他们带走马。"

老人面带忧伤地耸耸肩。

"孩子，"他低声说，"我能有什么办法？我怎么能阻止他们带走马？你是让我用镰刀劈死他们，还是用斧头砍倒他们？孩子，怎么做都不行，我们原来就料到会有这一天，不是吗？我们过去常谈起这事，对吗？我们早已料到有一天它们会离开我们。现在，我不想在这些人面前掉眼泪。你要像你哥哥那样勇敢，有骨气，不要在他们面前示弱。埃米莉，去吧，去和马告别一下，要勇敢。"

小埃米莉把我们带到马厩里面，给我们带上笼头，仔细地打理我们的鬃毛，好让缰绳不把它们缠住。接着，她走近搂住我们，用头依次蹭我们的脸，她哭了。

"一定回来，"她说，"请一定回到我身边。要是你们不回来，我会死的。"

她擦干眼泪，把头发往后一拢，然后打开马厩门，带我们出了马厩，进到院子里。她直接走到军官身边，递过缰绳。

"我要让它们回来，"她说，语气很坚决，似乎带着愤怒，"我只是借给你们，它们属于我，它们属于这里。让它们吃好，照顾好它们，保证要把它们送回来。"

说完，她头也没回，走过爷爷身边，进了屋。

我们不情愿地拉着装满枪支弹药的马车离开农庄。

我回头时，见埃米莉的爷爷依然站在院子里。他含着泪，面带微笑，向我们挥手。接着，绳子用力扯了我脖子一下，我小跑起来，这让我想起以前的经历，那次我被套上马车，有人拽着我向前走，我当时很不情愿。不过，这次我身旁至少还有托普桑。

第十二章

大概是因为后来的日子与我们和祖孙俩一起度过的几个月田园生活反差太大,也或许是因为战争变得越来越残酷,我和托普桑都觉得日子实在难熬。

在我们运送弹药的路上,有些地方间隔几米就设有一尊大炮,这样的路段长达几英里。大炮开火时,脚下的大地都在震动。此时,伤员队伍变得越来越长,似乎没有尽头,战壕后面的好几英里内,村庄都化为了一片废墟。

拉弹药车的工作其实比拉救护车要轻松,但是现在我们每天晚上都没有马厩可住了,当然也不能再依赖埃米莉的保护。

忽然,战争又来了。我们又回到满是硝烟的战场,呐喊声让人恐惧。我们拉着枪支蹚过泥泞，赶车的人一直催我们往前走，有时还拿鞭子抽我们。他们只关心我们能否把枪支拉到地方，对我们的感受却毫不放在心上。

倒不是说他们很残酷，只是他们似乎也是被迫干这事，所以满心恐惧，没有时间和精力对彼此、对我们表示一点儿友好或关切。

此时，食物变得更紧缺。冬天到了，我们偶尔才能吃到定量的玉米，每匹马只有少量干草。

我们渐渐消瘦，变得羸弱。同时，战争越来越激烈，双方开始打拉锯战，我们运送枪支的时间越来越长，挨累受冻的时间也日渐加长了，每天都浑身酸痛，每天都冻得要命。

一天的工作结束后，我们的身上沾满泥水，满身的寒气直透骨髓。

每个运枪的车队由六匹马组成。我们加盟时这辆马车只有四匹马拉，且只有一匹马的个头和力量符合拉枪支的要求。

这个大块头叫海尼，他似乎不受周围环境的影响。队伍中的其他马尽力仿效海尼，但只有托普桑做到了。

海尼和托普桑成为领队的两匹马，我跟在托普桑后面，我旁边是匹瘦而结实的小马，名叫扣扣。他脸上有块白斑，我们经过的时候，士兵们常拿这个开玩笑。不过，扣扣可不是好惹的——他是我见过的脾气最坏的马。扣扣吃东西的时候，不能有人或马在旁边，否则就会挨咬或挨踢。

我们的身后是对绝好搭档，他俩都是小马驹，暗褐色毛，鬃毛和尾巴是浅黄色。没人能分清他俩，甚至士兵们说起他俩时也不用名字，而说"那两匹金色的哈福林格马[①]"。他俩长得漂亮，而且对人友好，所以人们都很关注他们，连枪手们都有点儿喜欢他们。

我们穿过变成一片废墟的村庄向前线奔去时，这两匹马看上去很快乐，这一定与疲惫的士兵很不协调。毫无疑问，他俩和我们一样都很卖力，尽管他们个头矮小，至少在耐力上和我们相当；不过在快跑中，他俩像是车闸，让我们整个减速，影响了集体的节奏。

奇怪的是，居然是大块头海尼最先开始衰弱下去。那个可怕的冬天里，泥浆寒冷彻骨，饲料严重缺乏，海尼庞大的身躯开始缩小，几个月内就成了皮包骨头的可怜鬼。

我感到惊喜——我得承认的确如此——他们让我走到前面，和托普桑一起领队。海尼退后和小扣扣并排。小扣扣此时也开始遭罪，他变得虚弱无力。

[①]哈福林格马是十九世纪在奥地利及意大利北部培育出来的马种，体形小，褐色，最初用于山区，因耐劳而闻名。

他俩的身体很快走了下坡路,最后只能在平路用上力,而我们很少能碰上平路,所以他俩后来在队里几乎没有用处,其余的马任务就更加艰巨。

每天晚上,我们挤在一起,跗关节支撑在冰冷的泥地里,这条件要比我和托普桑在骑兵队度过的第一个冬天差远了。那时,每匹马都有一个骑兵专门照料,可现在,首先考虑的是机枪运输的效率,我们成了次要的可怜虫。我们只是干活儿的马,而且是干体力活儿的。枪手们个个面黄肌瘦,脸上写满疲惫。现在,存活下去才是他们关心的问题。

好像只有一个人有时间和我们待在一起,就是我们被从农庄带走时我注意到的那个心地善良的老兵。他把硬邦邦的黑面包掰碎了喂我们,和我们在一起的时间比和其他士兵在一起的时间都长,他似乎尽量避开他们。

他是个脏兮兮、挺着将军肚的小老头儿,总是不停地偷笑,常常自言自语。

长时间的风餐露宿、饥肠辘辘和辛苦奔波给我们身体造成的极大影响,现在都显露出来了。我们的腿部几乎都没有毛了,皮肤上布满了大片脓疮。即便是结实的小哈福林格马,身体也开始每况愈下。

和其他马一样,我每迈一步都会特别痛苦,尤其是前腿,膝盖以下的皮肤皲裂得很严重。

队伍里的马没有一匹走路不瘸的。兽医尽量给我们以最好的护理，连最铁石心肠的枪手也似乎为我们的衰弱感到不安，但没人能解决这个问题，除非泥浆消失。

战地兽医绝望地摇摇头，尽力挑出一些马，让他们休息、恢复体力；可是有的马身体很快就垮了，于是，他们在经兽医检查后，就被带走枪杀。

那天早晨，海尼就那样走了，我们从他身边经过，他躺在泥地里，只剩下一副破碎的骨架。

后来，扣扣被流弹击中了脖子，兽医也不得不在扣扣倒下的路边结束了他的生命。不管我以前多么不喜欢扣扣——他的确特别恶毒——但当我看到和我一起拉了这么长时间车的同伴被抛弃、被遗忘在沟里那种触目惊心的场面，还是觉得他很可怜。

那年冬天，那对小哈福林格马一直和我们在一起，他们用劲伸直宽大的后背，使尽浑身力气拉车。他俩都很温顺和善，勇敢的内心深处没有丝毫攻击性，我和托普桑越来越喜欢他俩。同时，他们也从我们这里寻求支持和友情，这是我俩都乐意给予他们的。

一次，我感觉枪支比原来重多了，这是我第一次注意到托普桑的身体正在垮掉。

当时，我们正要蹚过小溪，马车的车轮一下陷入了泥里。我很快回头看托普桑，发现他忽然表情很痛苦，身体也委顿下去。他用双眼告诉我，他在被疼痛折磨，我赶忙更用力地拉车，好让他感觉轻松些。

那天晚上，大雨无情地打在我们背上，托普桑躺在泥地里，我站在他身边给他遮雨。他不像平时那样肚子着地，而是侧卧在那儿，剧烈的咳嗽不时震得他抬起头来。整晚，他都断断续续地咳嗽，只是偶尔睡一会儿。

我很担忧，轻轻拱他、舔他，尽量给他保暖，让他知道我在分担他的痛苦。我安慰自己：我从没有见过像托普桑一样有力量、有耐力的马，病中的他一定还储备着巨大的体力。

果然，第二天早上，枪手们来喂我们玉米之前，他就站了起来，虽然头比平时低些，走起来比较吃力，我看得出，他只要能休息，就有活下去的力量。

然而我注意到，那天兽医来挨个儿检查时，给托普桑看了很久，看得很认真，还细心地听了他的胸部。

"它是匹结实的马，"我听到他跟那戴眼镜的官儿说——那是个谁都不喜欢的家伙，无论是马还是人，"这马的血统很纯，或许是太纯了，少校先生，可能正是这个毁了它。它太高贵了，不适合拉运枪车。我会让它恢复健康，不过您没别的马可以替代它，对吧？我想它会继续拉车，不过少校先生，对它好些。尽可能让马队走慢些，不然您会失去马队，没了马队，您的大炮就没多少用了，是吧？"

"它得和其他马干一样的活儿，医生，"少校口气坚决地说，"不多也不少，不能有例外。你认为它好了，它就好了，不要再说了。"

"它可以接着干，"兽医不情愿地说，"但我警告您，少校先生，您一定得小心。"

"我们尽力吧。"少校不愿继续说下去了。公平地说，他们是这么做的。是泥巴把我们挨个儿整垮的，泥巴、缺少庇护、缺少饲料。

第十三章

　　第二年春天，托普桑的病情极度恶化，身体非常虚弱，嗓子因咳嗽变得嘶哑，不过他还是挺过来了。我们俩都挺过来了。

　　现在地面变硬了，草又长出来了，这使我们的身体开始变得丰满，皮毛不再像冬天那样皱巴巴的，而是在太阳的照射下熠熠发光。

　　阳光也照在士兵的身上，他们发灰的红制服比原来干净多了。他们现在经常刮胡子，开始像往年春天一样谈起战争将会结束、回家、再打一仗就可以结束整个战争、会很快和家人团聚等等。他们显得更加快乐，所以对我们也比以前好多了。

　　随着天气转暖，饲料也增加了，我们这个枪支运输队伍带着新的热情和希望踏上征途。我们腿上的伤疤已经退去,每天肚子都吃得滚圆,因为可以尽情地吃草,还有充足的燕麦。

那两匹金色的哈福林格小马在我们身后发出喘气和喷鼻息的声音,让我和托普桑感到很惭愧,于是我们加快速度跑起来——整个冬天,无论赶车的人怎么使劲鞭打我们,我们都无法跑起来。

我们拉着枪支走过坑坑洼洼的道路,到了目的地。一路上,我们重新恢复的体能,以及唱歌、吹口哨的士兵,都给我们带来了久违的快乐。

不过,那年夏天,我们已经没有仗可打了。

尽管总会有零星的开枪,但部队似乎仅满足于张牙舞爪地威胁对方,没有真正交战。当然了,我们能听到远处前线传来激烈的轰炸声,这是春天到来后的轰炸。

但我们不必运输枪支,在远离前线的地方,我们得以在相对的平静中度过夏天。我们在长满茂密毛茛的草坪上吃草,过得颇为安逸,甚至有无所事事的感觉,参战以来我们竟然第一次吃胖了。

大概因为长得太胖了,我和托普桑被选中去拉枪支弹药,要从铁路线终点拉到几英里之外的炮兵队那里,赶车的人居然是去年冬天很照顾我们的那个好心肠老兵。

大家都管他叫疯老头儿弗里德里克。因为他老是自言自语，不自言自语的时候则会被自己的某个笑话逗得咯咯傻笑，而这些笑话他从来不会给别人讲，所以人们认为他疯了。

他们经常让疯老头儿弗里德里克去做其他人不愿做的事情，因为他总愿意完成任务，这是大家都知道的。

天气炎热，尘土飞扬，我们干的活儿枯燥费力，所以很快就把多余的体重减下来了，体力再次开始透支。

马车拉起来总是特别沉，因为不管弗里德里克怎么抗议，他们坚持在铁路终点把车装得满满的。他们根本不理睬他，只对他笑笑，然后继续猛装。

在返回炮兵队的路上，弗里德里克总是自己徒步上山，领着我们慢慢走，因为他知道马车已经很重了。

我们常常中途停下来休息片刻，喝些水，他确保我们能比那些整个夏天都在休整的马得到更多的食物。

现在，我们每天早晨都期待弗里德里克从地里过来领我们出去，给我们戴上挽具，远离军营里喧嚣混乱的场面。

很快，我们发现，弗里德里克一点儿都不疯，他性格温和，为人友善，从心底里反对打仗。

我们一路朝铁路终点走去，路上他说了心里话。他只想回到施莱登市的肉店，他之所以自言自语，是因为他觉得只有他自己理解自己，只有他自己愿意听自己说

99

话。他还说,他常常逗自己笑,是因为如果不笑他就会哭。

"朋友们,我跟你们说,"一天,他对我们说,"听我说,我是军营里唯一正常的人。是其他人疯了,可他们不知道自己疯了。他们在打仗,可他们不明白为什么要打仗。这不是疯了吗?一个人在杀别人的时候,只知道对方的制服颜色不同,说的语言不同,根本没有真正弄明白到底为什么这样做,这怎么可能呢?他们居然说我疯了!你们俩是我在这场愚昧的战争中遇到的唯一正常的动物,你俩和我一样,之所以来到这里,是因为你们被带到这里。要是我有勇气——不过我没有——我们就沿这条路逃跑,永远不回来。可是,那样的话,他们抓到我后会枪毙我,我的老婆孩子,还有父亲母亲会永远为此感到羞耻。所以,我就这样以'疯老头儿弗里德里克'的身份熬过这场战争,这样等我回到施莱登市后,我就又成了这场混战前人们熟知并尊重的屠夫弗里德里克了。"

过了几个星期,看得出来弗里德里克显然更喜欢托普桑。他知道托普桑原来病过一场,就更加呵护他,花更多时间料理那些哪怕是最小的伤口,以防止伤口恶化让托普桑感到不舒服。

他对我也挺好,但我觉得他没有那么喜欢我。我注意到,他常常远远地驻足凝望托普桑,眼里充满爱意和羡慕之情。他们之间似乎有一种默契,那是一个老兵对另一个老兵的感情。

夏天慢慢过去,秋天到来了。显然,我们和弗里德里克也要分别了。

弗里德里克对托普桑特别依恋,他主动要求骑着托普桑参加将在秋天战役开始前进行的运输枪支的训练。当然,所有的枪手都对此付之一笑,不过由于他们当中很少有人能骑得好马,而且没人否认弗里德里克是个优秀骑手,所以我和托普桑再次成为领头马,由疯老头儿弗里德里克骑着托普桑。终于,我们找到了知音,一个可以暗中信赖的知音。

"要是我必须死在离我家很远的地方,"一天,弗里德里克对托普桑说了他的心里话,"我愿意死在你身边。不过,我会尽力保证咱们顺利渡过难关,平安回家——我就向你保证这么多。"

第十四章

我们再次开始打仗，是秋季里的一天，当时弗里德里克和我们在一起。

那天中午，炮兵队正在大片栗树林中乘凉，这片林子树木繁茂，泛着银光的河流两岸都被树荫遮住，河里满是互相撩水嬉戏的士兵。

我们到了树林，枪支被卸下来。我发现整个树林里全是休息的士兵，身旁放着他们的头盔、背包和来复枪。他们靠树坐着抽烟，有的仰面朝天地躺在那儿睡着了。

不出我们所料，很快就围过来一群士兵，抚摸那两匹金色的哈福林格马。

不过，有个年轻士兵走到托普桑身边，抬头望着托普桑，满脸仰慕之情："这才是真正的马。"他说着把他的朋友也叫来,"卡尔,来看看这匹马。你见过比它还漂亮的马吗?它的头像阿拉伯马。看腿就知道,它跑起来和英国纯种马一样快,后背和脖子有着汉诺威马[①]所拥有的力量。"说着,他走上去轻轻用手掌抚摸托普桑的鼻子。

"鲁迪,你除了马就不想点儿别的东西吗?"他的伙伴仍站在原地,问道,"三年前我就认识你了,这三年里你没有一天不在说这些可怜的动物。我知道你小时候在农场长大,可我还是闹不明白你到底在它们身上看到了什么。它们只是长了四条腿、一个脑袋、一条尾巴,而指挥这一切的是很小很小的脑子,它们的脑袋里除了吃喝没别的。"

"你怎么能这么说?"鲁迪道,"卡尔,你看看这匹马。你难道看不出它很特别吗?这可不是一般的老马。它神情高贵,举止优雅、沉着。这不正是人们渴望却永远难以达到的境界吗?我跟你说,我的朋友,马是有灵性的,这匹马更是如此。上帝在创造它们的那一天就注入了这种灵性。在这场肮脏得令人作呕的战争中,发现这样一匹马,对我来说,就像在牛粪上找到一只蝴蝶。我们和这样的动物并不属于同一个宇宙。"

[①]汉诺威马是专门用于马术比赛的混血马,是世界上最受欢迎的比赛用马之一,因原产德国北部原汉诺威王国的领土而得名。

在我看来，随着战争的继续，参战的士兵们年龄越来越小，鲁迪当然也不例外。他的小平头因为戴了头盔而显得湿漉漉的，看着和我记忆中的艾伯特差不多大。他把头盔摘下后，和其他很多士兵一样，简直像个打扮成士兵的孩子。

弗里德里克带我们到河边喝水时，鲁迪和他的朋友也和我们一起去。

托普桑站在我旁边，把头探进河里喝水。像平常一样，他使劲甩头，把水都溅到我脸上和脖子上，帮我赶走酷热，我觉得非常清爽。他喝水时间长，喝得也多，喝完水后，我们就在岸边站一会儿，看士兵戏水。通往树林的小山坡既陡，车辙又多，托普桑偶尔会绊倒，这不奇怪，因为他从来都不像我这么稳健，不过每次他都能重新找回平衡，和我一起爬上山。不过，我倒是注意到，他走起路来一副很疲惫、浑身无力的样子，我们上山的时候，他每一步都很吃力。

忽然，他的呼吸变得急促起来，还夹着杂音。结果，我们快走到树荫那里时，托普桑一下子跪倒在地。我停下来，等他站起来，可他没有起来。

他躺在原地，喘着粗气，有那么一下，他抬头看了看我，这是在求助——我从他的眼神里能看出来。接着，他猛地向前趴倒在地，翻滚了一下，就不出声了。他吐着舌头，眼睛盯着我，但什么也看不见了。

我弯下腰用鼻子蹭他，发狂似的推他的脖子，试图让他动一下，让他醒过来，可是，本能告诉我，他已经死了，我已经失去了我最亲爱、最要好的朋友。

弗里德里克在他身边跪下，用耳朵贴着他的胸部。然后他坐直了，摇着头，抬眼望着聚拢来的人群。

"它死了。"弗里德里克低声说，接着，他愤怒地喊道，"天哪，它死了。"他满脸忧伤。"为什么？"他问道，"为什么这战争要毁掉一切漂亮美好的东西？"他双手捂住脸，鲁迪轻轻地扶着他，让他站起来。

"老头儿，您没法帮它，"他说，"它算是解脱了。好了，别难过了。"可是，老弗里德里克就是不肯离开。

我又回头看托普桑，舔他，用鼻子蹭他，尽管此时我已知道、也已确信他真的死了，可悲痛之际，我只想和他待在一起，安慰他。

部队的兽医下山赶过来，后面跟着所有的军官和士兵，他们刚刚听说了这件事。兽医做了简单检查后也宣布托普桑死了。"我料到会这样。我告诉过你会这样，"他差不多在自言自语，"它们不能这样干活儿。我一直都知道。干这么重的活儿，饲料那么少，还熬过了一个冬天。我早就预料到了。这样的马只能承受这么多了。可怜的家伙，是心脏病。每次发生这样的事我都很生气。我们不应该这样对待马——我们对机枪的态度要好多了。"

"它是我的朋友。"弗里德里克只说了这一句，就跪在托普桑身边，解下他的马笼头。

士兵们把我们围在中间，默默地站在那里，静静地望着托普桑倒下的身躯，表情肃然、恭敬，四周笼罩着忧伤的气氛。也许是因为他们认识托普桑好长时间了，而且，从某种角度上讲，托普桑已成为他们生活中的一部分。

我们站在山坡上，寂然无声。

这时，头顶传来炮弹的呼啸声，炮弹落进河里，我第一次看到了爆炸。

刹那间，树林被喧嚣惊醒，士兵们开始奔跑，大声叫喊，到处都有子弹朝我们飞来。河里的士兵半裸着身子，飞奔着爬上树，可子弹似乎形影不离地追随着他们。树木轰然倒塌，士兵和马都跑出树林，朝北面的桥跑去。

我第一个反应是和他们一起跑，只要可以躲避子弹，随便跑到哪里都行，可是托普桑的尸体就在我脚下，我不愿抛弃他。

弗里德里克刚才一直抓着我，现在他使出浑身力气要把我拖到山腰后面，他又喊又叫，说要是我想活下去就跟他走，可是，没人能让一匹不愿离开的马挪动地方。此时我不想离开。

子弹越来越密集，他发现和朋友们相距太远了，大队人马都已上山，早已看不见人影，于是他扔下我的缰绳，企图逃命。不过，他动作太慢，动身也太晚了。他根本没能走到树林那里，离开托普桑没几步就中弹了，接着滚下山坡，倒在托普桑的身边。

我关于这支部队的最后记忆是这样一幅画面：两匹金色的哈福林格小马的浅黄色鬃毛在风中飘扬，他们奋力拉着装枪支弹药的车穿过树林，一些枪手疯了似的拉着缰绳，一些枪手从后面使劲推车。

第十五章

那一整天，我都站在托普桑和弗里德里克的身边，到晚上也没离开，中间只去河边喝了一次水。

山谷两边的枪林弹雨炸得小草、泥土和树木乱飞，留下冒烟的巨大弹坑，整片土地就好像着了火似的。

但无论是哪种恐惧感，此时都被深深的忧伤和敬爱淹没，这忧伤和敬爱给我动力，让我尽可能长时间地守在托普桑身旁。我知道，一旦离开他，我在世上就孤身一个了；我还知道，那时我将失去他给予我的力量和支持。所以，我和他待在一起，等待着。

我记得那是天快亮的时候，我正在啃吃他们尸体附近的青草。

忽然，子弹的呼啸声中传来摩托车行驶发出的噪音，还伴随着非常可怕的金属的咣当声，这让我一下子竖起耳朵。

这声音从小桥那里传来，正是士兵们消失的方向。金属摩擦声和摩托车的咆哮每分钟都在逼近，枪炮声完全消失时，这声音越发响亮。

那是我平生第一次见到坦克，尽管我当时还不认识那东西。

黎明时分，山后的天空蒙蒙亮，空气中带着寒意，一辆坦克从山头开来。

它是一个巨大的灰色怪物，轰隆隆地冲下山坡朝我开来，后面还喷出烟雾。

我只迟疑了一会儿，立刻就感到一阵恐惧，这恐惧感最终把我从托普桑的身边逐开，让我迅速冲下山，朝河边跑去。我跳进河里蹚水逃走，甚至都不知道河水有多深、会不会淹没我。

等我跑到一座树木密布的小山的半山腰时，才敢停下来回头看，看那怪物是否还在追我。我根本就不该回头看，因为原来的一只怪物变成了好几只，它们朝我开来，势如破竹，已经过了托普桑和弗里德里克所在的山坡，把那里炸得面目全非。

我站在树荫里，自认为这样很安全。直到看见坦克涉过小河，我才回头接着逃跑。

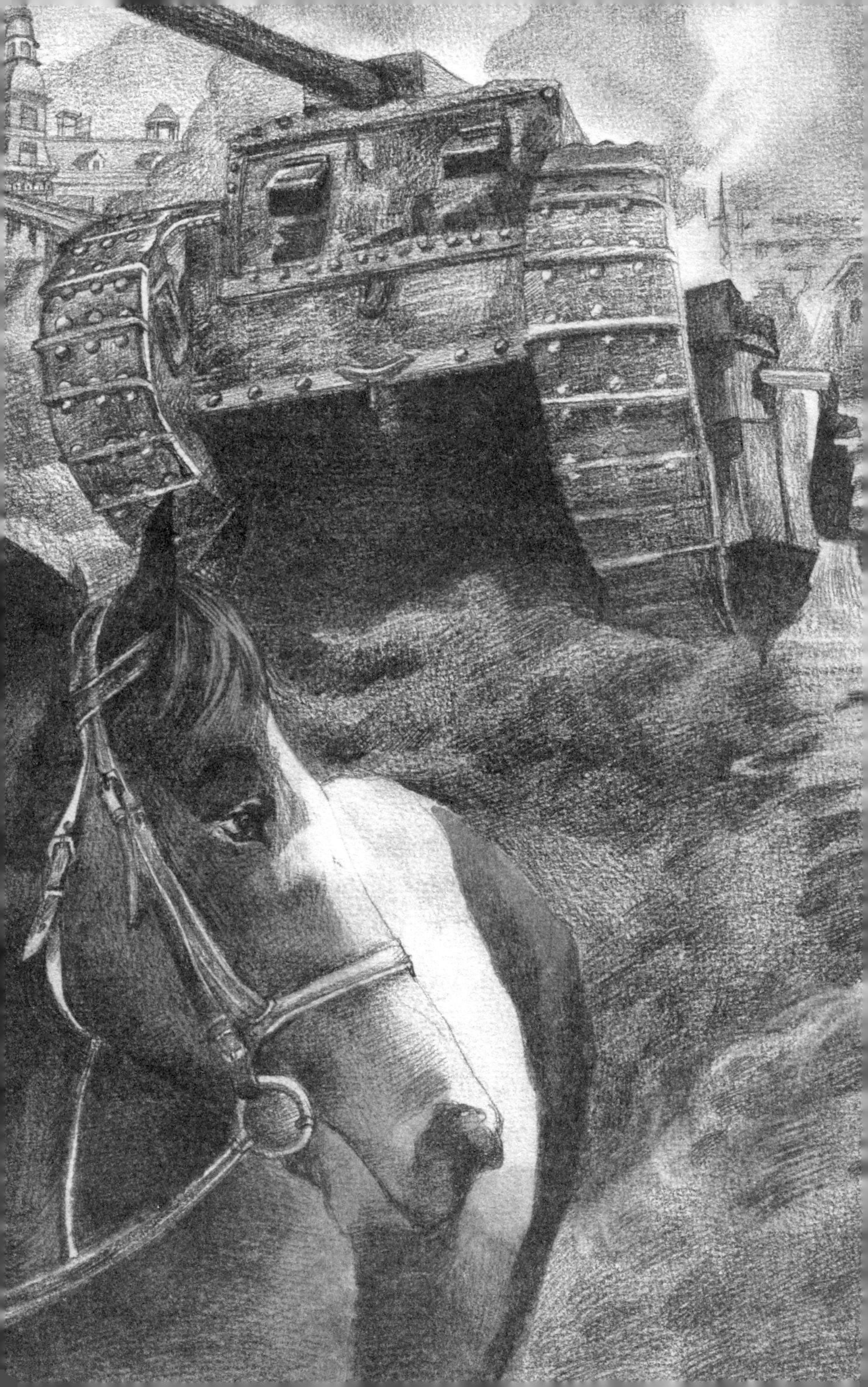

我一直跑，都不知道跑到哪里了，直到再也听不到那可怕的轰隆声，枪声似乎也已离我很远了。

我记得又过了一条小河，穿过空无一人的农庄，跃过无数栅栏、沟渠，以及废弃的战壕，又经过几个已被遗弃、满是废墟的村庄。

最后，天黑了，我停下来，在青翠欲滴的草坪上吃草，在清澈见底、有卵石的小溪里喝水。然后，疲惫不堪的我双腿一软，躺倒在地，陷入沉睡。

等我醒来时，发现夜幕已经降临，四周仍在开火。不管朝哪个方向看，总能看到天空被炮火的黄光照得通明，偶尔闪过的白光刺得我眼睛疼，把我四周的村庄照得很亮。无论朝哪里走，好像都是在接近有炮火的地方。

后来我一想，决定还是站在原地不动。至少在这里，我有很多草可以吃，有水喝。

我刚刚做出这个决定，头顶就传来一番轰炸，轰炸时白光四射，接着一阵机枪扫射声划破夜空，子弹飞散到我脚下的土地。

我又开始跑，一直跑到深夜，常常被沟渠和小灌木丛绊倒。再远处的地里都没有草了，大树也成了木桩，孤零零地立在满是硝烟的天际。

现在，我不论往哪里跑，都会碰到巨大的弹坑，弹坑里是浑浊的死水。

我正要从这样一个弹坑里往外拔腿,却一下子被一团之前没看见的铁丝网绊住了,缠住了前腿。我疯狂地乱踢,想挣脱出来,可我感到铁丝勒进了肉里。后来,我只能瘸着腿慢慢地走,在夜色里摸索着前进。即便这样,我也大概走了好几英里,可是我永远不知道我要去哪里,也不知道自己是从哪里出发的。

腿上的肌肉始终一跳一跳地疼,夜色中大炮仍在开火,来复枪噼啪作响。我身上负了伤,流着血,又吓得要命,我只想再去和托普桑在一起。我对自己说,托普桑会知道朝哪里走,他会知道。

我继续跌跌撞撞地走在深夜里,心里只有一个念头:哪里最黑,哪里就离战火最远、最安全。

身后依然是可怕的枪林弹雨,本应漆黑的夜晚现在却很反常,变得像白昼一般。即使我知道托普桑倒在哪个方向,也没想过返回去。

前面和两边都有炮火袭击,不过远处的地平线很黑、很宁静,于是我坚定地朝那个方向奔去。

寒冷的夜里,我受伤的腿变得僵硬,现在疼得都抬不起来了。很快,我发现那条腿根本就吃不上劲儿。

这是我一生中最漫长的夜晚,像一场噩梦,梦中我饱尝痛苦、恐惧和孤独。

靠着强大的求生本能,我继续前进,没有倒下。我知道，我必须尽可能地把枪炮声远远抛在身后，才能有生存的希望，所以我只能继续前进。

周围时不时会响起来复枪和机枪的扫射声，常常把我吓得一动不动地站在那里。我太害怕了，根本无法朝任何方向迈步，直到枪声停下来，我才觉得自己又能动弹了。

一开始，我只在深弹坑的上方看到雾气，但过了几个小时，我却发现自己逐渐被秋天的浓雾包围，透过浓雾，只能影影绰绰地看到身边物体的模糊形状。

后来，我几乎什么都看不见了，完全靠远处传来的轰炸声来判断往哪儿走，我始终把这些声音远远甩在身后，始终朝前方更暗、更静的地方奔去。

黎明已在驱散雾气，这时，我听见前面有人低而急促地说话。我静静地立在那里听着，眯着眼睛，想看清说话的人。"继续，继续呀，小伙子，继续呀。"薄雾中的声音听起来发闷，"举起枪，小伙子，举起枪。你以为你在干吗。把枪举起来，射准了。"

接下去又是长时间的沉默，我警觉地朝出声的方向挪了几步，又好奇，又害怕。

"中士，它又出现了。我看见了，真的看见了。"

"伙计，到底是什么人？是该死的德国部队，还是一两个德国鬼子早晨出来散步？"

"中士,不是人,更不是德国人,好像是匹马,要么是头牛。"

"马或者牛?在无人区里会有这个?你说它怎么会到这儿来?伙计,你今晚熬夜时间太长了,一定是眼睛花了。"

"我听见了,中士,真的。中士,我发誓是真的。"

"嗯,我什么都没看见,伙计,我什么都没看见,那是因为根本什么都没有。伙计,你太紧张了,你紧张得让全军的戒备提前了半小时,我向中尉汇报的时候,谁会成为最受欢迎的小兵呢?搅了他的美梦,对不对,伙计?你把可爱的上尉、少校和准将,还有所有善良的中士们都叫醒了,就因为你觉得自己看到了一匹什么马。"接着,说话人提高了声音,以便让更多人能听见,"不过,既然咱们已经进入戒备,还遇上这豌豆汤一样的伦敦烟雾①,而且德国兵喜欢趁我们不备的时候偷袭咱们的防空洞,我希望你们年轻人能睁大眼睛,睁得大大的,这样咱们就全能活着吃早饭——如果偷袭正好发生在今天早晨的话。过几分钟会发给你们些朗姆酒,这酒会让你们很开心,但在此之前,我要你们个个都把眼睛睁大些。"

---

① "伦敦烟雾"指由燃煤和工业排放产生的烟尘、二氧化硫与浓雾混合造成的空气污染现象。此处的"伦敦烟雾"指战场上大量使用炸药所产生的硫化物。

他讲话的时候,我一瘸一拐地走开了。因为特别害怕随时可能飞过来的子弹和炮弹,我能感觉到自己全身都在发抖。

我只想独自待着,远离一切噪音,不管这噪音是否有危险。在虚弱且受惊吓的状态下,我已无法进行理性的思考,只是盲目地在雾中游荡,一直到那几条好腿也不能再动为止。

最后,我停下来,让淌血的腿在发臭的、满是水的弹坑旁边的一堆软泥上休息一下。我嗅嗅地,想找些吃的,但都是徒劳。我休息的那片土地光秃秃的,没有草。

那时我没有力气了,也不愿意再往前走。我抬头朝四处张望,希望侥幸看到一片草地,这时,我感到一缕阳光透过薄雾照到背上,寒冷而痉挛的身体顿时感到一股暖流通过。

很快,薄雾开始散去,我看到自己站在一大片泥地里,四周净是狼藉的废墟。

这是两道无限延伸的铁丝网之间。我记得自己曾经来过这个地方,那天我和托普桑一起跃过铁丝网来过这里。

原来这就是士兵们说的"无人区"。

第十六章

从我两边的战壕里传来欢声笑语，声音一阵高过一阵，中间有人厉声命令大家低下头，谁也不许开枪。

我站在一个土墩上四处看看，只能偶尔瞥见一顶钢盔，这是唯一能证明的确有人在说话的证据。

有股饭香味飘过来，我抬头用鼻子嗅嗅。这比我以前吃到的麸面泥香甜多了，里面还有盐的味道。我被这可口的饭香味吸引得一会儿朝这里闻，一会儿朝那里闻，可我每次接近任何一边的战壕，都会碰到不可逾越的障碍：横七竖八的带刺铁丝网。

我走近时，士兵们为我加油，让我继续前进。此刻，他们从战壕里探出的头已经被我尽收眼底，他们示意我到他们那儿去。我穿过无人区到了另一边，那里也传来口哨声和鼓掌声，可我还是无法越过铁丝网。

我在无人区走了好多个来回，耗费了那天早晨的大部分时间，最后终于在废墟间找到一小片粗糙、阴湿的草地，草就长在一个旧弹坑的表面。

我正忙着啃吃那点草时，眼角的余光瞥见一个穿灰色制服的士兵从战壕里爬出来，手拿白旗在头顶挥舞。我抬起头，看见他正设法穿过铁丝网，并把铁丝网拨到一边。

这时，另外一方在激烈争论，吵个不休。很快，一个头戴钢盔的矮个子爬上来，进了无人区。他身穿宽大的土黄色大衣，手举着一块白手帕，也穿过铁丝网朝我走来。

那个德国人首先通过铁丝网，身后的铁丝网上留了个狭窄的缝隙。他走过无人区慢慢接近我，一直喊着让我过去。

他一下让我想起亲爱的老弗里德里克，因为他和弗里德里克一样，头发花白，脏兮兮的制服没扣扣子，还好言好语地和我说话。

他一只手里拿了根绳子，另一只手伸向我。他离我还是太远，我看不太清，不过，根据我的经验，如果伸过来的手像握着什么东西，那就足以说明会有吃的，于是我一瘸一拐、小心翼翼地朝他走去。

此时，两边的战壕挤满欢呼的士兵，他们站在胸墙上，把钢盔高高举过头顶。

"嗨，小伙子！"

从我身后传来一声急切的呼唤。我赶紧停下脚步，回头一看，发现那个穿土黄色制服的小个子男人正巧妙地穿过无人区，握白手帕的手高高举过头顶，"嗨，小伙子！你上哪儿去？等一会儿。瞧，你走错方向了。"

朝我走来的这两个人反差很大。

穿灰色制服的那个人个儿高一些，他走近时，我注意到了他脸上岁月留下的沧桑。他穿着不合身的制服，身上每一个细胞都显示出缓慢温和的性格特征。他没戴钢盔，而是戴着一顶镶红边的无檐帽，我很熟悉这圈红边。

穿土黄色制服的小个子男人气喘吁吁地来到我们跟前。

他脸红扑扑的，因为很年轻，皮肤显得光滑，头上的宽边圆头盔歪靠在一只耳朵上。

有那么一会儿，双方保持沉默，气氛非常紧张。两人之间相隔几米，互相警觉地看着，一句话也不说。最后还是穿土黄色制服的年轻人打破沉默，先说话了。

"好，我们该怎么办？"他边说边朝我们走来，看着比他高一头的德国人，"这儿只有我们俩，要分一匹马。

当然了，所罗门王知道答案①，是不是？不过，那答案不太适合这儿的情况，对吧？更糟糕的是，我不会说德语，我也看得出，你根本听不懂我在说什么，是听不懂吧？他妈的，我真不该到这儿来，我知道我不该来。我也不知道怎么这么昏头昏脑，居然会为一匹脏兮兮的老马跑过来。"

"我能听懂，我会讲一点儿英语，讲得不好。"年龄大些的人说，他握着东西的手依然放在我鼻子下。

那手里全是黑面包屑，我很熟悉这食物，但通常太苦，不适合我吃。但是，我现在饥肠辘辘，顾不得挑三拣四，趁他说话的工夫，我很快就把他手里的食物吃光了。

"我只会讲一点儿英语，像小学生一样，不过，我想咱俩做简单的交流是够用了。"他说话时，我能感到有根绳子慢慢拴到我脖子上，并拉紧了。"至于另一个问题，既然我先到这里，这马就归我了。很公平吧？就像你们打板球时一样公平吧？"

---

①根据《圣经·旧约》的记载，所罗门王曾是以色列耶路撒冷的一代帝王，有超人的智慧、大量的财富和无上的权力。有一个关于所罗门王的著名故事"智断亲子案"：两位母亲抢夺一个婴儿，都声称自己是孩子的生母。所罗门王建议将孩子劈成两半，一位母亲得一半。听了这话，孩子的真正生母立刻表示愿意放弃这个孩子。所罗门王于是宣布这位是孩子真正的母亲，并将孩子给了她。此处英国士兵将"两方分一匹马"的情况与这个故事类比，所以说"所罗门王知道答案"。但由于这匹马并不真正属于任何一方，所以他下文又说"那答案不太符合这儿的情况"。

"板球！板球！"年轻人说道，"在威尔士，谁听说过那种野蛮的体育运动？那是坏透了的英格兰人才玩的东西。橄榄球，那才是我玩的，不过那不是体育运动，那是一种宗教信仰，我老家的人都这么认为。我在马斯泰格队打前锋，结果因为战争没法再打球了。在马斯泰格队有这样的说法，一个松动的球就是我们的球①。"

"对不起，你说什么？"德国人问道，他紧蹙双眉，一副费解的样子，"我不明白你最后一句话。"

"算啦，德国兵，这不重要了，什么都不那么重要了。德国兵，我们本可以和平解决这一切——我是说战争——我回到我的家乡，你回到你的家乡。不过，我看这也不是你的错。我也没错，谁也没挑起战争。"

这时，双方士兵的欢呼声渐渐平息，这两人站在我旁边说话时，两军都默默地看着。

威尔士人抚摸我的鼻子，还摸摸我的耳朵。"这么说，你了解马？"高个子德国人问，"它这条受伤的腿有多严重？你看它的腿骨折了吗？它这条腿好像不能走路了。"

威尔士人弯下腰，熟练地轻轻抬起我的腿，擦去伤口周围的泥土。

"它的腿伤很严重，不过，德国兵，我觉得它没有骨

---

①本句话的含义是：不被任何一队占有的球就是我们的球。

折。伤得真重，有道深口子——看上去是铁丝网剐的，得尽快处理一下，不然就会感染，到那时就没救了。伤这么深，它肯定流了不少血。问题是，谁把它带走？我们后方有个兽医站，能给它治病，不过，我想你们部队也有个这样的医院。"

"对，我想是这样。兽医站肯定是有的，不过我不知道具体在哪儿。"德国人慢条斯理地说，然后从口袋里掏出一枚硬币，"你选一面，正面或反面，我看还是你说吧。我会把硬币拿给各位看看，这样两边的人就都知道了，不管哪一方赢得这马，纯粹是靠运气。而且，这样做也不会伤害任何一方的自尊，对吧？这样大家都高兴。"

威尔士人面带微笑地抬头看看德国人，眼里充满敬意。"那好吧，德国兵，你去吧，让他们看一眼硬币，然后你来抛，我来说要正面还是反面。"

德国人对着阳光举起硬币，慢慢地绕了一圈，然后把硬币抛得高高的。那硬币在空中熠熠发光。

硬币落地时，威尔士人用洪亮的声音叫道："正面！"全场的人都能听到。

"嗯，"德国人弯腰捡起硬币，"是我们国家的皇帝的脸，他在泥地里抬头看我，似乎对我不太满意。所以，恐怕你赢了。这马归你了。好好照顾它，我的朋友。"

说着他再次捡起绳子，递给威尔士人。同时，他与威尔士人握手，以示友好与和解，疲惫不堪的脸上露出笑容。

"大概再过一小时，也许两小时，"他说，"我们会竭尽全力地互相屠杀。只有上帝知道我们为什么要这样做，我估计上帝大概都忘记为什么了。再见了，威尔士人。我们已经向他们展示了，对不对？我们向他们展示了这样一个道理，只要人与人之间互相信任，那么任何问题都会得到解决。只要互相信任，对不对？"

矮个子威尔士人接过绳子，不可思议地摇摇头。"德国兵，嗨，我觉得，要是他们能让咱俩在一起待上一两个小时，咱俩会处理好目前这个残局的。我方的山谷里就不会再有悲泣的寡妇和哭喊的孩子，你们那儿也一样。即使情况恶化到极点，我们也能通过抛硬币来做决定，为什么我们现在不能这样做呢？"

"要是我们能，"德国人扑哧笑了，"要是我们能那样做的话，赢的就会是我们了。不过，也许你们的劳埃德·乔治首相该不高兴了。"

说着，他把双手放在威尔士人的肩膀上，将这个姿势保持了一会儿。

"保重，我的朋友，祝你好运。再会了。"

他说着就转身离开，慢慢地穿过无人区回到铁丝网那里。

"嗨，也祝你好运。"威尔士人大声地对他喊道，随即转身牵着我离开原地，朝那排穿土黄色制服的士兵走去。

我一瘸一拐地从铁丝网上的破洞穿过，往士兵们那里走，他们则开始欢呼。

第十七章

那天早晨,那个颇有英雄气概的威尔士人把我送到兽医站,由兽医站的马车把我带走了,我非常困难地靠三条好腿站在车里。

路上,一大群士兵围着我,给我加油。可是,长路漫漫,车又颠簸得很厉害,我很快就失去平衡,倒在车里,摔在一堆东西上面,是一堆看上去乱糟糟的东西,很不雅观。

马车缓慢地驶离前线战场,随着车子的颠簸,我那条伤腿上的肌肉一跳一跳的。拉马车的是两匹非常健壮的黑马,他们都被刷洗得干干净净,无可挑剔,马具也都上好了油。

长时间的饥饿和疼痛让我都没力气站起来,后来,车终于行驶上光滑的鹅卵石路。白花花的秋日阳光洒在身上，让我感到很温暖。

可马车忽然停了下来。我的到来受到热烈欢迎，只听得一片激动的嘶鸣。我不禁抬头望去。界墙里面是个宽敞的院子，地面由鹅卵石铺成，两边都是马厩，非常壮观，还有一所大房子，再过去是几栋塔楼。每个马厩门上都探出马脑袋来，他们好奇地竖起耳朵。到处都是穿土黄色制服的士兵在走动，有几个士兵跑了过来，其中一个手里还拿着笼头。

下车时我很痛苦，因为经过这漫长的旅途，我已筋疲力尽、四肢麻木。他们把我扶起来，让我轻轻地沿车道走下来。

我发现自己到了院子中央，成了关注的焦点。大家显得很关切，流露出佩服的目光。我被一群士兵围着，他们仔细给我检查身体的每个部位，抚摸着我的全身。

"你们这伙人，以为这是什么啊？"院子里传来洪亮的质问声，还带着回音，"这是马。和别的马没什么区别。"

只见一个大块头朝我们走来，靴子走在鹅卵石路上，发出清脆的声音。他那张胖胖的红脸被头上的尖顶帽遮住一半，那帽子几乎碰到他鼻尖了，另一半胖脸被姜黄色的络腮胡遮住。

"这马也许很有名，也许是在恶战中幸免于难，被我们从无人区带回来的唯一一匹活马，可这只不过是匹马，还是匹脏马。难看的马我这辈子见得多了，不过这匹马可是我见过的最邋遢、最脏、泥巴最多的。它这么丢脸，你们还都站在这儿看它。"

他的军服袖子上有三条V形袖标，土黄色制服熨烫得无可挑剔，皱褶像剃须刀一样锋利。

"医院里现在有一百多匹马生病了，而只有十二个人照料它们。这儿有个新手无所事事，被派来照看这马，所以其余的讨厌鬼可以回到岗位上去了。回去，你们这些懒虫，快回去！"

大家都朝四面八方散去，只剩下我和一个小兵，他牵着我向一个马厩走去。

"说你呢，"那洪亮的声音又传过来，"过十分钟，马丁少校要从那大房子里过来查看这匹马。你要保证让它干干净净的，全身像镜子一样亮，听到了吗？"

"是，中士。"士兵答道。

这声音让我觉得很熟悉，身子不由得抖了一下。我不知道在哪里听到过这声音，我只知道这声音让我兴奋不已，充满希望，一阵暖流传遍全身。

他一直走在我前面，牵着我慢慢地走过鹅卵石路，我设法细看他的长相，只看见他的头发理得很整齐，耳朵粉嫩。

"你这个呆瓜，怎么会陷进无人区？"他问道，"自从有消息说你要被送过来,大家就都想弄明白。你怎么把自己搞成这个样子了?我敢说你身上没有一处没沾泥巴或血迹。你这副尊容真难形容呀。不过,我们很快就能处理好。我要把你拴在这儿,让风把脏东西吹掉。然后,我会按部就班地给你清洗,等那位长官来检查。来吧,你这个呆瓜。等我给你清洗干净了,长官就会来看你,他会给你包扎伤口。很遗憾现在还不能给你吃的喝的,这得等长官同意了才行。中士是和我这么说的,说怕要给你动手术。"

他一边往外拿刷子一边吹着口哨,这口哨声和我熟悉的那个声音一模一样,希望油然而生,我确定无疑,肯定不会有错。我兴奋极了,抬起前腿朝他叫了一声,想让他认出是我。

"嗨,小心点儿,呆瓜,你都快把我的帽子弄掉了。"他轻声说着,还紧紧抓住绳子,抚摸我的鼻子,过去我一不开心他就这样做。"不需要那样。你不会有事的,没有什么可紧张的。我以前也认识一匹小马,它和你一样,也特爱紧张,不过后来我俩熟悉起来就好了。"

"艾伯特,你又在和马说话了?"从旁边的马厩里传来一个声音,"天哪!你怎么就觉得它们能听懂你说的话?"

"戴维,有些马也许听不懂,"艾伯特说,"不过,总有一天，其中一匹马会听懂。它会来到这里，会听出我的声音。它一定会来的。那时，你就会见识一匹可以听懂我说的每句话的马。"

"你不是又想乔伊了吧？"说话的人把头探出马厩门，"伯蒂①，你就永远忘不了那马吗？我都和你说过上千次了，他们说外头战场上有差不多五十万匹红马。我知道你加入兽医军团就是为了有机会碰到那匹马。"

我用受伤的那条腿刨地，想吸引艾伯特更仔细地看看我，可他仅仅拍了拍我的脖子，就开始给我刷洗。

"不过你要知道，你的乔伊能到这里，那可是五十万分之一的概率啊。你得现实些。它可能已经死了——好多马都死了。它也可能和义勇骑兵队去该死的巴勒斯坦了。它可能在几百英里战壕的任何一个地方。要不是因为你和马关系那么好，要不是因为你是我最好的朋友，我简直会以为你想乔伊想得脑子出问题了呢。"

"戴维，你见到它后，就会明白我为什么这样了。"艾伯特说着就蹲下，把我肚子上的干泥巴刮下来，"你会明白的。世上没有哪匹马长得和它一样。它是匹枣红马，鬃毛和尾巴是黑色的。它前额上有个白十字，四个蹄子雪白，没有一根杂毛。它近两米，从头到尾都无可挑剔。

---

① "伯蒂"是"艾伯特"的昵称。

我可以告诉你，我可以告诉你，你只看它一眼就能记住它的样子。我可以从一千匹马里认出它来。它真的与众不同。尼科尔斯上尉，你知道的，他已经牺牲了，就是我和你说过的那个从我爸手里买走乔伊的人，他给我寄来他画的乔伊，他了解乔伊的特征。他第一次见到乔伊就发现了它的特征。戴维，我会找到乔伊的。我大老远来这儿，就是为了要找到他，我要找到它。要么我找到它，要么它找到我。我告诉过你，我答应了它的，我会说到做到。"

"伯蒂，你脑子真是出问题了，"他的朋友说着打开马厩门，过来检查我的腿，"我只能说你脑子出问题了。"他握住我的蹄子，轻轻抬起来。"它至少有一只蹄子是白色的，透过这泥巴和血迹看，目前至少有一只。我会轻轻处理一下这伤口，趁我在这儿，我帮你一块儿擦洗。要不，你不可能按时把这马打理干净。我已经整理完了乱糟糟的马厩，剩下的活儿没多少了，你好像也需要个帮手。那大嗓门老中士不会介意，只要我把他吩咐的事情都做完了就成，我已经都做完了。"

两人开始不厌其烦地给我搓呀，刷呀，洗呀。我静静地站着，偶尔用鼻子蹭蹭艾伯特，想让他回头看看我，可他只忙着给我洗尾巴和臀部。

"三只了，"他的朋友清洗完我的又一只马蹄后说，"现在有三只白蹄了。"

"戴维，别老提了，"艾伯特说，"我知道你想什么呢。我知道大家都觉得我永远也找不到乔伊。部队里上千匹马都有四只白蹄，这我知道，可只有一匹马的额头上闪耀着十字形的花纹。夕阳下，有多少匹马的毛色会那么发亮，像熊熊烈火在燃烧？我跟你说，没有一匹马会和它一样，全世界都没有第二匹那样的马。"

"四只白蹄了，"戴维说道，"四条腿，四只白蹄。现在就剩下额头上的十字了。你往这满身泥巴的马身上泼上红漆，你的乔伊就在跟前了。"

"别逗我了，"艾伯特低声说，"戴维，别逗我了。你知道我对乔伊很认真。我要找到它，这对我来说很重要。它是我参军前唯一的朋友，我跟你说过，我和它一起长大，真的。它是我在这世上唯一挂念的朋友。"

戴维这会儿挨着我的头站着。他撩起我的鬃毛，开始轻轻地，后来又用力地刷我的额头，把尘土从我眼睛上吹掉。他仔细端详了一会儿，沿鼻梁刷下去，又开始刷两耳之间的部位。我不耐烦地甩甩头。

"伯蒂，"他轻声说，"我不是逗你玩，真的，这会儿可没有逗你。你说你的乔伊有四只白蹄，都齐刷刷地白，对吗？"

"对。"艾伯特边说边刷洗我的尾巴。

"你还说乔伊额头上有个白十字?"

"对。"艾伯特仍漫不经心地说。

"伯蒂,我可从来没见过这样的马,"戴维说着用手抚平我额头上的鬃毛,"真不敢相信居然会有这事。"

"嗨,当然了,我跟你说,"艾伯特提高嗓门说,"它全身都是红色,在阳光下像一团燃烧的火焰,我原来不就说过嘛。"

"我真不敢相信居然会有这事,"他的朋友继续说,还压低了声音,"我是说,要不是现在亲眼看到,我还真不敢相信。"

"嘿,得了,戴维,快别闹了,"艾伯特说,这会儿他的声音里有了火药味,"我和你说过了,对不对?我告诉过你,我对乔伊是认真的。"

"伯蒂,我也是认真的,非常严肃认真,不开玩笑,我是认真的。这匹马有四只白蹄,毛色纯净,就像你说的那样。这匹马的头上有个明显的白十字。你可以自己看看,这匹马的鬃毛和尾巴是黑色的。它站起来有近两米,把它刷洗干净后会特漂亮。这马身上的这层泥巴去掉后就是匹枣红马,伯蒂,和你说的一模一样。"

戴维说话时,艾伯特忽然放下我的尾巴,慢慢地围着我转了一圈,用手摸着我的背。

最后,我俩终于面对面地站着了。

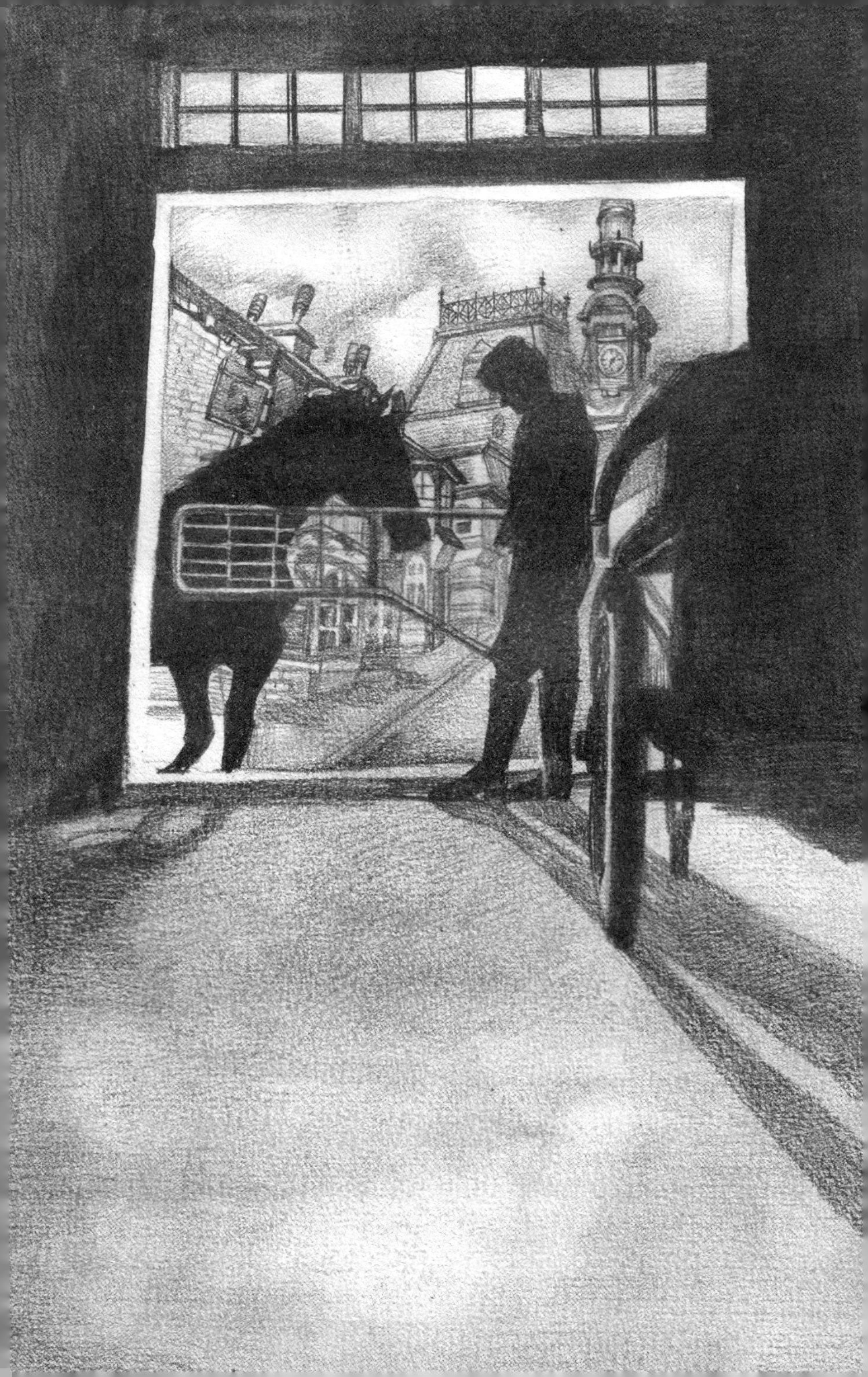

我觉得他的脸有些粗糙，眼睛周围也有了皱纹，他穿着制服，显得比我记忆中块头更大，个子更高。

不过，他是我的艾伯特，毫无疑问，他就是我的艾伯特。

"乔伊？"他盯着我的眼睛，试探着叫了一声，"乔伊？"

我甩甩头，高兴地答应着，这声音传遍整个院子，引得其他马和士兵都来到马厩前。

"真的有可能，"艾伯特低声说，"戴维，你说得对，有可能是它，就连声音也和它一样。不过，我还有个办法能确认到底是不是它。"

说着他解开绳子，取下我头上的笼头，接着，他转身朝门口走去，然后面对我，用手握唇，开始吹口哨。

是他的口哨声，像猫头鹰在叫，好多年前我们在家里的农场上散步时，他就经常这样吹口哨，声音低低的，断断续续。

刹那间，我的腿不疼了，我轻松地朝他小跑过去，把鼻子埋在他的腋窝里。

"是它，戴维，"艾伯特张开双臂抱住我，脸贴着我的鬃毛，"这是我的乔伊。我找到它了。我说过它会回来，它真的回到我身边了。"

"怎么样？"戴维扮了个鬼脸问，"我和你说什么了？

怎么样？我也不是经常说错吧？"

"不是经常说错，"艾伯特答道，"不是经常说错，这次没有错。"

第十八章

我和艾伯特重逢后，每天都充满阳光，我渐渐淡忘了过去噩梦般的经历，好像什么都没有发生过似的，战争突然间也离我们很遥远，而且不再有任何意义。最后，连枪声也听不到了，唯一能清楚地提醒我痛苦和煎熬仍未过去的，就是兽医站的马车仍会定期从前线赶来。

马丁少校给我洗净伤口并包扎起来。一开始我的腿还不怎么能着地，后来就觉得身体一天天结实起来。

与艾伯特的重聚本身就是医治伤口的最佳良药，加上每天清晨都有热乎乎的饲料，还有敞开供应的甜美干草，我身体的康复指日可待。

艾伯特和兽医站其余的护工一样，要照料好多马，不过只要有空，他就来马厩陪我。在其他士兵眼里，我算是个明星,所以马厩里常常有人。总会有一两张脸出现在我的马厩旁,用羡慕的眼光看着我。即便是大嗓门,就是他们说的中士,也会特别热心地来查看。旁边没人时,他常轻抚我的耳朵,挠挠我的脖子,还说:"真是好孩子,对不对?你是我见到的最优秀的马。现在好多了,听到了吗?"

可是过了一段时间,我还是没有好利索。

一天早晨,我发现自己吃不下饲料,每个稍微尖厉些的声音,比如水桶的晃动声,马厩门闩的响声,都会让我很紧张,全身的神经都突然间紧绷起来。尤其是前腿,不能像平常那么动了,而且僵硬、乏力,背部剧痛,疼痛感蔓延到我的脖子甚至面部。

看到我没吃完桶里的饲料,艾伯特感到情况不妙。"乔伊,你怎么了?"他关切地问,说着还伸出手用他惯常的方式抚摸我。

这抚摸通常是表示关爱,可我却受到惊吓,退到马厩的角落里。后退的时候,我的前腿非常僵硬,都无法走动。我跟跟跄跄地向后,撞到了马厩后面的砖墙,重重地把身体靠了上去。

"我昨天就觉得你不对劲,"艾伯特说,他仍站在马厩中间,"当时我觉得你气色不对。你的后背僵得像木板一样,浑身是汗。你这呆瓜,到底怎么了?"

他慢慢地朝我走来,尽管他的触摸仍让我感到莫名的恐惧，但我坚持站在原地，让他抚摸我。

"可能是在路上得了什么病吧。你可能吃了有毒的东西，对不对？可是，要这样的话，之前就应该有征兆啊，对吧？乔伊，你不会有事的，不过，我还是去找马丁少校吧，以防万一。他会给你做检查，要是有问题的话，他会'嗖的一下'很快治好，我爸爸原来经常这样说。我在想，要是我爸爸看到咱俩在一起，他会怎么想？他从来不相信我会找到你，还说我是个傻瓜，居然去找马。他说我是在做傻事，还说我有可能在路上丢掉性命。不过，乔伊，你走了以后，他像换了个人似的。他知道自己做得不对，意识到这一点后，他似乎就改掉了身上的坏毛病。现在他活着好像就是为了弥补过去的错误。他星期二不再去喝酒了，还像我小时候那样照顾妈妈。他甚至开始公平对我了，不再把我当干活儿的马一样。"

他的声音很温和，我知道他想努力让我平静下来，好多年前，当我还是一匹脾性狂野、胆小怕事的小马时，他就是这样安抚我的。那时候，他的话给了我很大安慰，可现在我却止不住地全身发抖。我全身的神经好像绷得很紧，喘着粗气。我沉浸在巨大的、莫名的恐惧中。

"乔伊，我很快就回来，"他说，"别担心。你不会有事的。马丁少校会治好你，他是治马的神医。"

说完，他就走出了马厩。

没过多久,他和他的朋友戴维回来了,还有马丁少校和大嗓门中士。不过只有马丁少校进了马厩给我做检查。其余人都靠在马厩门边看着。

马丁少校小心翼翼地走近我,蹲在我前腿旁边检查伤口。接着,他用手抚摸了我的全身,从耳朵到后背,再到尾巴。最后他退后几步从马厩的另一边观察我。然后他回头和大家说话,面带忧伤地摇头。

"中士,您觉得它怎么样?"他问道。

"我跟您看法一样,长官。从外表上看,"大嗓门中士答道,"它站着的时候像块大木头,尾巴朝外撅着,头几乎动不了。毫无疑问是得了那个病,对吗,长官?"

"毫无疑问,"马丁少校答道,"确定无疑。我们碰到过好多得这病的马。不是那该死的生锈铁丝网造成的,就是弹壳留下的伤。里面留了个小碎片,或者划了道口子,这会导致感染。我见过好多例。孩子,我很抱歉,"少校说着,把手放在艾伯特的肩膀上安慰他,"我知道这匹马对你很重要,但我们可能没法为它做些什么了,它这么严重,几乎没救了。"

"长官,您说什么?"艾伯特用颤抖的声音问道,"长官,您的话是什么意思?长官,它到底怎么了?不会是什么大毛病,对不对?昨天它还好好的,就是没吃完饲料罢了。可能身上是有点儿僵硬,可除了这个,它一切正常啊。"

"孩子，它得了破伤风。"大嗓门中士说，"它身上的症状表明是破伤风。我们还没把它带到这里那会儿，它的伤口就可能已经化脓了。马一旦得了破伤风，就差不多没救了，真的是这样。"

"最好让它赶快死掉，"马丁少校说，"没必要让动物这么受罪。它解脱了，对它好，对你也好。"

"长官，不能这样，"艾伯特仍满是怀疑，抗议说，"长官，您不能这样做，不能这样对乔伊。我们必须得试试。您一定能做点儿什么，长官，您不能就这么放弃，您不能这样，不能这样对乔伊。"

这时，戴维开始声援。"长官，对不起，请您听我说，"他说，"我记得我们刚到这儿的时候，您告诉我们说，马的生命甚至要比人的生命更重要，因为马本身并不坏，除非是人把邪恶强加到它身上。我记得您说，我们兽医兵团的职责就是日日夜夜地工作，要是有必要的话，一天工作二十六小时，尽全力拯救和帮助每匹马。您还说，每匹马都很珍贵，它们对打仗本身而言很珍贵。没有马，就没有枪。没有马，就没有弹药。没有马，就没有骑兵。没有马，就没有救护车。没有马，前线的部队就没有水喝。长官，您说过，马是部队的生命线。您说过，我们永远也不能放弃，因为哪里有生命，哪里就有希望。长官，这些都是您说的，恕我失礼，长官。"

"小子，注意你那张嘴，"大嗓门中士严厉地说，"对军官可不是这样说话的。要是少校觉得这可怜的动物有百万分之一的希望，他也会尽力抢救的，是吧，长官？是这样吧？"

马丁少校仔细盯着大嗓门中士看了一眼，揣摩他说这番话的用意，接着慢慢地点头。"好吧，中士，你说的很正确。当然，还有一线希望。"他小心翼翼地说，"但是，一旦开始治疗，就需要一个人专门照料它，一个月，或更长时间。可即便这样，这马也不会有超过千分之一的活命希望。"

"求您了，长官，"艾伯特乞求道，"长官，拜托了。长官，我会全权负责，我还会照料好其他马。我说话算数。"

"长官，我会帮他，"戴维说，"所有小伙子都会帮他。我知道他们会的。长官，您看，这里的每个人都觉得乔伊很特别，乔伊是伯蒂的马，这会儿他们又团圆了。"

"这就是士气，孩子。"大嗓门中士说道，"长官，这是实话，这匹马的确有点儿特别，您看，它经历过这场战争的洗礼。长官，如果您允许，我觉得我们应该给它一次机会试试。我个人向您担保，其他的马都不会被怠慢。马厩会保持清洁整齐，井井有条，和平时一样。"

马丁少校把手搭在马厩门上。"好吧，中士，"他说，

"你赢了。我和你们一样喜欢接受挑战。我需要在这里给马绑上吊带,一定不能让它四肢着地。这马一旦脚着地,就再也没法站起来了。中士,我还要求在规定里增加一条,那就是,在这个院子里不管说什么话,都必须放低声音。这马得了破伤风,不喜欢听到任何噪音。我要求床上铺上短些的稻草,稻草要干净,每天都要换。还有,要把窗帘都拉上,这样它能一直待在暗处。不能吃干草——它会噎住——只能喝牛奶,吃燕麦粥。它的情况会先恶化,之后慢慢好转——如果有救的话。过几天,你会发现它的嘴巴紧闭,不过必须每天坚持给它喂食喂水。要是不吃不喝,它准会死掉。我需要一个人二十四小时看护这匹马,这就是说,得有个人整天在这儿守着,而且日日如此。听明白了?"

"是,长官。"大嗓门中士答道,他露出满意的笑容,"我觉得您做出了非常明智的决定。我会保证完成任务。好了,你们两个游手好闲的家伙快笑笑。你们都听到长官说的话了。"

当天,我身上就绑上了吊带,整个身子悬空,吊带拴在屋梁上。马丁少校打开绷带查看伤口,洗净并烧灼。这之后,他每过几个小时就来查看。

大多数时候,当然是艾伯特和我待在一起,他把桶举到我嘴边,让我能喝上热乎乎的牛奶或粥。到了晚上,戴维和艾伯特肩并肩地睡在马厩角落里,轮流看护我。

正如我期待的,也是我需要的,艾伯特竭尽全力地和我说话,安慰我,直到累得坚持不住时才到角落里睡觉。他常谈起他的父母和农场,还说起他来法国前一直和村里的一个女孩约会。这女孩不懂马,他说,不过,这是她唯一的缺点。

对我来说,日子非常漫长,也很艰难。

我前腿的麻木感现在已扩散到背上,而且加剧了;我的食欲日益变差,毫无吃掉那些食物的力气或者说热情,但我知道要想活下去就必须吃东西。

在生病那段最黑暗的日子里,每天都有可能是我生命的终结,只有艾伯特永远陪伴着我,我敢肯定,是他给了我活下去的勇气。他那么执著,那么坚信我会康复,这一切让我有了活下去的信心。我周围也都是朋友,戴维和其他护工、大嗓门中士,还有马丁少校,他们都给予我莫大的鼓舞。

我知道他们都竭尽全力地让我活下去,不过,我常自问,他们这样做是为了我,还是为了艾伯特?因为我知道他们非常敬重艾伯特。不过,想了很久以后,我觉得他们大概是喜欢我们俩,好像我俩是他们的兄弟。

就这样,我绑着吊带度过了非常痛苦且漫长的几个星期,终于在一个冬天的夜晚,我忽然觉得喉咙和脖子一松，轻松得我都能大声叫喊，尽管第一次叫的声音还很小。

艾伯特像往常一样，背靠墙坐在马厩角落里，弯着膝盖，胳膊肘支在膝盖上，闭着眼睛。于是我又轻轻叫了一声，不过这次声音足够响亮，把他惊醒了。

"乔伊，是你吗？"他问道，接着他站了起来，"你这老呆瓜，是你在叫吗？再叫一次，乔伊，我大概在做梦，再叫一声。"

于是我又叫了一声，同时抬起头甩了甩。这是几周以来我第一次这样做。戴维也听到了，他马上站起身，来到马厩旁，扬声招呼大家都来看。

几分钟内，马厩里就挤满了激动万分的士兵。大嗓门中士挤过人群，站到我眼前。"规定说要小声说话，"他说，"刚才我听到的可不是小声。怎么了？这么激动干吗？"

"它身子动了，中士，"艾伯特说，"它的头可以轻松转动了，而且它还叫呢。"

"孩子，当然了，"大嗓门中士回应道，"当然了，它会成功的。我说过它会成功。我总和你说它会成功的，对吧？你们这些游手好闲的家伙有谁知道我说错过？嗨，是不是？"

"中士，您永远不会说错，"艾伯特说着开心地笑了，"它好转了，对吧，中士？我不是在做梦吧？"

"孩子，你不是在做梦，"大嗓门中士说道，"你只要看一眼乔伊，就知道它不会有事。不过我们要保持安静，不要着急。要是我生病了，我只希望我周围的护士也会像你们照料这马一样照料我。不过，还得加上一样，我希望那些护士更漂亮些！"

很快，我的腿再次找到了感觉，接着，我后背上的僵硬感永远地消失了。他们去掉了我身上的吊带。一个春天的早上，阳光灿烂，他们带我出来，到了鹅卵石铺成的院子里。这次亮相很成功，艾伯特小心翼翼地领着我。他倒着走，一直和我说话："乔伊，你成功了，你成功了。大家都说，战争很快就会结束。我知道我们这样说了好长时间了，不过，这次我从骨子里相信战争真的要结束了。战争很快就结束，到时候咱俩都回家，回农场去，我带你到大路上走。爸爸会是什么表情啊，我都等不及想看了，我都等不及啦。"

第十九章

但是，战争没有结束，相反，似乎离我们更近了。

我们再次听到轰隆隆的炮声，这炮声有种不祥之兆。

现在，我已基本康复，尽管病愈后身体还比较虚弱，我已经开始在兽医站周围干些轻活儿。我和另一匹马一起从最近的补给站运来草料，或者在院子周围拉粪车。我觉得精神饱满，迫切地想再次投入工作。我的腿和肩部添了膘。

几星期后，我发现自己拉车的时间能更长些了。凡是我干活儿的时候，大嗓门中士都派艾伯特陪着我，这样我俩几乎一整天都不分开。

但是，和兽医站所有护工一样，艾伯特也得时不时地赶着马车去前线接回受伤的马，这时候我会把头靠在马厩门上，一直烦躁不安，很想念他，直到听见鹅卵石路上响起辘辘的车轮声，看到他从拱门下进了院子，开心地向我挥手。

过了不久，我也回到战场，回到前线，回到战火中，回到那个我原先希望永远甩在身后的地方。如今，我已完全康复，马丁少校和他的兽医站全体成员都以我为骄傲。

我经常充当领头马，带着前后两马拉的双轮马车往返于前线和兽医站之间。不过，有艾伯特和我在一起，我再也不怕炮火了。他就像以前的托普桑一样，好像知道我需要有人不停提醒：他和我在一起，会保护我。炮弹落下时，他的柔声细语，还有他的歌声和口哨声，让我的情绪始终保持稳定。

一路上，他都会和我说话，以此来安抚我。有时候，我们会说起战争。"戴维说，德国人快完了，快玩完了。"艾伯特说。

那是一个欢快的夏日，我们当时看到一排排步兵和骑兵从身边走过，他们正奔向前线。我们的车上正拉着一匹灰色母马，她筋疲力尽，原来是运水的，刚从前线的泥地里被救出来。

"他们在前线说，德国兵打赢了六仗。不过，戴维说，他们那是苟延残喘，只要那些美国兵能找着打仗的感觉，同时我们能坚守阵地,那么到圣诞节战争就会结束。乔伊,我希望戴维的话没错。他的话一般都比较准,我很尊重戴维的意见,大家都很尊重。"

有时,他会说起老家的事,说起村子里那个他热恋着的姑娘。

"乔伊,她叫梅奇·科波迪克,在安思泰农场的挤奶场工作。她还会烤面包。噢,乔伊,她烤的面包可是独一无二的,就连妈妈也说她烤的点心是全牧区最好吃的。爸爸说,她太好了,我配不上她。不过他其实不是这个意思,他这样说,是想让我听了高兴。她的眼睛像矢车菊一样蓝,头发像丰收的玉米一样金黄,她身上有忍冬花的香味——刚从挤奶厂出来那会儿除外。那时候,我会离她远点儿的。乔伊,我把她的一切都告诉你了。她说,我来这里找你是对的。只有她一个人这样说,只有她一个人这样想。不过她不想让我走,你别介意,我临走时,她在车站哭得心都碎了。这么说她一定有点爱我,对不对?好了,你这个呆瓜,说句话呀。乔伊,我只有一件事对你不满意。你是我知道的最好的听众,可我永远也搞不清你到底在想什么。你只是眨眼,把那双耳朵晃来晃去。我真希望你会说话,乔伊,我真的这样想。"

一天晚上,从前线传来噩耗,艾伯特的朋友戴维死了,同遭厄运的还有两匹马,当时他们正拉着兽医站的马车。

"一颗流弹,"艾伯特把草拿进马厩时对我说,"他们是这样说的——不知从哪儿飞来的流弹,打中了他。我会想念他,乔伊。我们都会想念他,对吧?"他在马厩角落里的稻草上坐下来,"乔伊,你知道他参军前是做什么的吗?他在伦敦有个水果车,就在考文特花园外面。乔伊,他特别崇拜你。他经常对我这样说。他还照顾我,就像我哥哥。他刚二十岁,以后的日子还长着呢,如今,就因为一颗流弹,他的一生就这么完了。乔伊,他经常和我说:'我去参军,没人会想我。我只留恋我的水果车,可我带不走它,好可惜啊。'他以他的水果车为荣,他让我看了张照片,照片里,他就站在水果车旁边。整个车都上了油漆,车里的水果堆得高高的,他就站在旁边,脸上挂着笑容,嘴巴咧得像根香蕉。"

他抬头看看我,擦去脸上的泪水,又咬紧牙说:"乔伊,现在只剩下你和我了,我对你说过我们要回家,咱俩都回家。我要敲响教堂里的低音钟,我要回去吃梅奇烤的面包和点心,我要骑着你去河边。戴维总说,不知怎么,他就觉得我肯定能回家,你看,他说对了。我会让他说的话变成现实。"

战争真的快结束了,结束得很快,对我周围的士兵来说,几乎都始料不及。

战争的结束没有给我们带来欢乐,也无人庆祝胜利,我们只是觉得如释重负，战争终于结束了，终于不用再打仗了。

那年十一月一个寒冷的早晨，艾伯特离开院子里欢聚的人群，溜达过来和我说话。

"还有五分钟，战争就结束了，乔伊，彻底结束。德国兵已经打够仗了，我们也是。真的没人愿意再接着打了。十一点的时候，机枪就会停止扫射，确定无疑。我只是希望戴维能亲眼看到这个场面。"

戴维死后，艾伯特就和从前不一样了。我再也没见过他微笑或讲笑话，他和我在一起的时候，常常陷入长时间的沉思。再也听不到歌声，再也听不到口哨声。我试着想尽办法安慰他，把头靠在他肩膀上，轻声对他嘶鸣，但都无济于事。即便是战争结束的消息，也没能让他高兴起来。

门楼外的大钟响了十一下，大家神情严肃地握握手，或者彼此拍拍后背，然后回到马厩。

后来我发现，对我而言，胜利的果实的确苦涩。

战争结束后，生活几乎没有变化。兽医站仍像从前那样运转着，生病和负伤的马似乎没有减少，反而增加了。我们看到院门口长龙般的士兵队伍，他们正欢快地向火车站走去。我们站在一边，看着坦克、机枪和马车从身边经过，朝家的方向而去。

但是，我们仍留在原地。艾伯特和其他人一样，开始变得不耐烦起来，只想尽快回家。

每天早晨的检阅照常在鹅卵石铺成的院子中央进行，之后，马丁少校检查马匹和马厩。

一天早晨，大雾弥漫，下着小雨，晨曦中湿漉漉的鹅卵石闪着灰色的光。可是这天早晨，马丁少校没有像往常一样视察马厩。大嗓门中士让士兵们稍息，马丁少校宣布了整个兵团重新启程的计划。他做了简短发言，最后说："星期六晚上六点，我们将到达维多利亚站，要是一切顺利的话，大概圣诞节你们就能回到家。"

"长官，能问个问题吗？"大嗓门中士问。

"说，中士。"

"长官，是和马有关。"大嗓门中士说，"我想，大家想知道该怎么处理这些马。长官，它们会和我们乘一艘船吗？还是晚些时候再乘船回去？"

马丁少校动了下脚，低头看看靴子，仿佛不想让别人听到似的轻声说："不是这样，中士，恐怕这些马根本不能和我们一起回去。"从士兵队伍里传来嘟嘟囔囔的抱怨声。

"长官，您是说，"中士说，"您是说它们将乘后面的船回去？"

"不是，中士，"少校答道，说着用轻便手杖拍拍身体一侧,"我说的不是这个意思,我刚才说得很明确,我是说,它们根本不能和我们一起回去,这些马将留在法国。"

"马留在这儿?"中士问,"可是,长官,它们怎么能待在这儿?谁来照顾它们?我们这儿还有些马需要全天照顾,每天都得照顾。"

少校点点头,眼睛依然盯着地面。"我得告诉你这个,你不会喜欢听的。"他说,"恐怕上面已经做出决定,要卖掉法国这里的很多战马。我们这儿的马非病即伤,上面认为,不值得把它们都运回去。我要执行的命令是,明天早晨就在院子里卖马,已经在附近的城镇贴出通知了,这些马将被拍卖掉。"

"拍卖?这些经历过战火洗礼的马,现在要听拍卖锤的摆布?"中士很礼貌地问道,但也仅仅是出于礼貌,"可是,长官,您知道这意味着什么吗?您知道会发生什么吗?"

"我知道,中士,"马丁少校答道,"我知道它们会怎样。可是没人能想出办法。中士,我们这是在部队,我没有必要提醒你,军令如山。"

"可是,您知道将会是什么结果,"中士说,他几乎毫不掩饰话中的厌恶感,"长官,在法国,我们有上千匹马。它们是老兵。您是说,它们经历过这么多苦难,我们照顾完它们之后,您为它们付出这么多之后,它们就是这样的结果?我简直不能相信您就是这个意思,长官。"

"哦,我恐怕就是这个意思,"少校语气生硬地答道,"就像你说的那样,有些马大概是这样的结果,我不否认,中士。你有权为此鸣不平,你有权这样做。我自己也对此不满,你也能想象。可是,到明天为止,大多数马必须得卖掉,后天我们就要撤退。中士,你我都知道,我对此无能为力。"

这时,从院子的另一头传来艾伯特的声音:"长官,您说什么,所有的马都卖掉?每一匹都卖吗?连我们从死亡线上救回来的乔伊也卖掉?难道它也要被卖掉?"

马丁少校一言不发,转身走开了。

第二十章

那天，院子里的气氛很诡秘，像有什么阴谋。

人们凑在一起窃窃私语，声音很低，表情很认真。他们穿着厚重的长大衣，雨水从大衣上滴落，大衣领都竖着，以防雨落到脖子里。

那一整天，艾伯特似乎根本没注意我。他没有和我说话，甚至都不看我，只是匆匆干完每天必做的事情，打扫马厩，喂我干草，给我刷洗。他干活儿时一言不发，阴沉着脸。

和院子里的每匹马一样，我知道我们受到威胁，心里非常焦虑。

那天早晨，不祥的阴影笼罩着院子，没有一匹马能在马厩里安静地待着。被带出去活动时，我们全都心惊胆战。

艾伯特和其他士兵一样很不耐烦,他使劲扯我的笼头,我可从没见过他这样。

那天晚上,大家仍在商量,不过,此时大嗓门中士和他们在一起,站在被夜色笼罩的院子里。借着月光,我只能看见他们手里的硬币闪着光。

大嗓门中士抱着一个锡制的小盒子,小盒子在人群中传开,我能听到硬币落进盒子时发出的当啷声。

这时,雨停了,不过夜晚很安静,我能听出大嗓门中士低沉的声音。"孩子们,我们只能做这么多了。"他说,"钱不多,不过,我们的钱本来就不多,对吧?部队里没人能有几个钱。我会像先前说的那样出价,这是违反军令的,不过我还是要这样做。提醒一下你们,我可没做任何保证。"他停顿了一下,回头看了看后面,又接着说:"我本来不该告诉你们这个,少校告诉我不能说出去,我不该犯这个错,我平时也不喜欢违反军令。不过,这会儿我们已经不打仗了,而且这军令更像是条建议,可以这么说。我现在告诉你们这个,因为我不想你们把少校想得那么坏。他很清楚这件事,其实,整件事情都是他的主意。是他让我先给你们提个建议。孩子们,还有,他把自己省下的薪水都给了咱们,每分钱都给了,虽然不多,但能帮上忙。当然了,我没必要提醒你们,谁也不许把这个说出去，就连半个字都不要透露出去。要是传出去的话，那可就麻烦了，每个人都会有麻烦。听清楚了？要保密。"

"中士，钱凑够了吗？"我能听出是艾伯特在说话。

"孩子，我希望如此啊，"大嗓门中士晃了晃盒子答道，"我希望如此。好了，现在咱们都去合会儿眼。我想让你们这些游手好闲的家伙明天早晨早点儿起床，精神点儿，让咱们的马也精神点儿。这可是我们能为马做的最后一件事了，至少我这样认为。"

于是，人群散开来，大家三三两两地走开，因为天冷，个个都缩起肩膀，把手插进厚大衣的衣袋里。

院子里只剩下一个人。他站了一会儿，抬头望着天空，之后来到我的马厩。从他走路的样子，我能看出是艾伯特——他走起路来是农夫的样子，摇摇晃晃，没有哪一步膝盖是挺直的。他身子靠在马厩门上，把尖顶帽往后推推。

"乔伊，我已经尽力了，"他说，"我们都尽力了。我不能再说下去了，因为我知道你能听懂我说的每句话，再多说只会让你担心。乔伊，这次我都没法像爸爸把你卖给军队时那样向你保证。我不能向你承诺什么，因为我不知道能不能实现这诺言。我请大嗓门帮忙，他也帮了忙。我请少校帮忙，他也帮了忙。现在，我也已经请上帝帮忙,因为完成了所有该说的、该做的以后,一切都靠上帝了。我们已经尽力而为了,这是肯定的。我记得在家乡的主日学校里,老维特尔小姐曾经说过:'上帝帮助那些自助的人。'她是个坏家伙,不过她很熟悉经文。乔伊,上帝保佑你。睡个好觉。"

他伸出紧握着的拳头揉揉我的鼻子,接着,轻轻抚摸了我的两只耳朵,最后留下我独自待在黑暗的马厩里。自从戴维战亡以来,这是他头一次这样和我说话,仅仅是听他说话,我就已经觉得心里暖暖的。

灿烂的晨光照在钟楼上,不远处的白杨树在鹅卵石路上投下细长的树影,路面上结了霜,在晨光的照射下闪闪发光。

起床号还未吹响,艾伯特和其他人都已起床。等第一批买主坐着马车或汽车来到院子里时,我已经吃喝完毕,且被打扮得焕然一新。被带出来时,我身上的鬃毛在晨光的照射下红得发亮。

买主们都聚集在院子中间,所有那些能走路的马都被领着沿院子周边走一圈儿,像在参加盛大的游行,接着被一个一个地带到拍卖人和买主的面前。

我等在马厩里,看着院子里的每一匹马都比我先卖掉。我好像是最后一个被带出来的。

一开始,远处传来的拍卖声的回音让我突然之间感到很紧张，出了一身汗，不过我强迫自己牢记前一天晚上艾伯特安慰我时说的那些话，很快我的心跳就没那么快了。

当艾伯特把我带进院子里时，我神情自若地走着。他轻轻地拍拍我的脖子，对着我耳朵说着悄悄话，我对他深信不疑。观看的人紧紧地围成一圈，他带着我走了一遭，我能听到买主啧啧的赞叹声，也能看到他们在点头赞许。

最后艾伯特把我带到一排人面前，他们面色红润，满脸皱纹，眼里露出贪婪而急切的目光。在这群衣衫褴褛、戴着帽子的买主中间，我注意到鹤立鸡群的大嗓门中士。他个子高大，静静地站在那里。他的身边是兽医站所有成员，他们都整齐地沿墙排列，焦急地关注着整个拍卖过程。开始出价了。

显然，我很抢手，因为很快就竞价了。不过随着价位的升高，我看到越来越多的人在摇头，很快就只剩下两个买主。一个是大嗓门中士，他用手杖碰碰帽檐来出价，几乎像是在敬礼；另一个是精瘦的小个儿男人，一双黄鼠狼眼睛，脸上堆满笑容，透着十足的贪婪和邪恶，我都不愿看他一眼。

价格仍在上升。"二十五英镑，二十六英镑。二十七英镑。二十七英镑卖了。听好了。二十七英镑卖了。还有人要出价吗？是和这位中士竞争出的价，二十七英镑卖了。还有人要加价吗？大家看，这真是匹好马。这马远远超过这个价了。还有谁要加价吗？"可是，这时中士摇摇头，他低头认输了。

"噢，上帝，不，"我听见艾伯特在我旁边低声道，"亲爱的上帝，不能是他。乔伊，他和那些人是一伙的。整个上午他都在买马。大嗓门中士说，他是康布雷镇的屠夫。上帝，求您了，不能这样。"

"好，要是没人再出价的话，我就二十七英镑卖给这位康布雷镇的希拉克先生了。还有吗？那就二十七英镑卖了。一次，两次……"

"二十八英镑。"

从人群中传来一个声音。这时，我看见一个白发苍苍的老人，他重重地倚着拐杖，步履蹒跚地慢慢穿过人群向前走来，最后站到大家面前。

"我出二十八英镑买这匹马，"这老人一字一顿地用英语说道，"先生，我要提醒您，不管拍卖多长时间，卖价多高，我都会一直竞拍下去。"他转身对康布雷镇的屠夫说，"我建议您别想着把我逐出拍卖。必要的话，我宁愿付一百英镑。除了我，谁也不会得到这匹马。这是我的埃米莉的马，本来就属于她。"

他没说出埃米莉的名字前，我还不敢肯定我是不是看错了、听错了，因为自从我最后一次见到他以来，这位老人更老了，他的声音比我记忆中要虚弱、低沉得多。不过，现在我敢肯定了。

　　站在我眼前的就是埃米莉的爷爷，他的嘴部显得很坚毅，目光炯炯地环视四周，向任何想出更高价的人发出挑战。

　　没人说一句话。从康布雷镇来的屠夫摇摇头，转身离开。拍卖人也被这场景惊呆了，他迟疑了一会儿，然后才用锤子敲了桌子。

　　我被卖掉了。

第二十一章

拍卖结束后,大嗓门中士和马丁少校一起与埃米莉的爷爷谈话,大嗓门中士显得既无奈又沮丧。

院子里现在没有其他马了,买主们正驾车准备离开。艾伯特和他的朋友们围着我,纷纷表示同情,所有人都试图安慰艾伯特。

"艾伯特,别担心了。"其中一个说,"如果不是现在这样,可能会更糟呢,对吧?我是说,咱们一多半马都被屠夫买走了,那些马都死定了。至少我们知道,乔伊跟着那个老农夫挺安全。"

"你怎么知道会安全?"艾伯特问道,"你怎么知道他是个农夫?"

"我刚才听见他和大嗓门中士说来着,不是吗?我听见他说，他在山谷下面有个农场。他还对大嗓门中士说，只要他活着，就不会让乔伊干农活儿。他还一直提到一个叫埃米莉的女孩，就这类话。听不太懂他在说什么。"

"不知道他是怎么回事，"艾伯特说道，"他说话那个样子，好像疯了一样。'本来就是埃米莉的马。'——不管她是谁——那老人就是这样说的，对吧？见鬼，他到底是什么意思？要是乔伊本来就属于什么人的话，那它应该属于部队，要是不属于部队，它就属于我。"

"艾伯特，你最好亲自问问他，"另一个人说，"机会来了。他过来了，和少校还有大嗓门中士正朝这儿走呢。"

艾伯特站在那里，一只胳膊放在我下巴底下，抬起手给我挠耳朵后面，他知道我最喜欢让他挠这个地方。不过，当少校走得更近一些时，他马上把手拿开，很规矩地立正行军礼。

"长官，对不起，打扰了。"他说，"我想感谢您做的一切。我知道您做了什么，我感激不尽。我们没有成功，这不是您的错，还是要感谢您，长官。"

"我不知道他在说什么，"马丁少校说道，"中士，你知道吗？"

"长官，我也想不明白他在说什么。"大嗓门中士答道，"长官，这些乡下来的孩子们喜欢您，您知道的。这是因为他们是喝果汁而不是喝牛奶长大的。是真的，长官，食物会影响到他们的思想。一定是这样的吧。"

"长官,再打搅您一下,"艾伯特继续说,他见少校和中士一副轻松愉快的样子,感到很困惑,"我想和这个法国人谈一下,因为他买走了我的乔伊。长官,我想问问他刚才说的那些话,他说的那个埃米莉是谁,到底是怎么回事。"

"说来话长了。"马丁少校说,他转身面对那老人,"先生,也许您可以亲自讲给他听?先生,这个年轻人就是我们刚才提到的,他和这匹马一起长大,他为了找到这匹马不远万里来到法国。"

埃米莉的爷爷站在那里,浓密的白眉毛下的双眼严厉地盯着我的艾伯特,接着,他忽然笑着伸出手。尽管艾伯特感到很惊讶,还是伸出手握住了埃米莉的爷爷的手。

"年轻人,你看,你我之间有很多相同点。我是法国人,你是英国人,没错。我老了,你还年轻。不过我们都喜欢这匹马,是不是?这儿的军官告诉我,你在英国老家是个农夫,和我一样。做农夫最好不过了,这是我多年积累的智慧告诉我的。你在农场都喂哪些牲畜?"

"先生,主要是羊,还有几头肉牛、几头猪,"艾伯特答道,"也种几片大麦田。"

"这么说,是你训练这马干农活儿的?"老人问,"孩子,你做得很好,很好。你还没问我,我就知道你要问什么了,这样吧,我就告诉你。你看,你的马和我是老朋友。它和我们一起生活过。哦,那是很久以前的事情了,那个时候,战争刚刚开始。它被德国兵抓住了,他们让它拉救护马车,从医院拉到前线,再拉回医院。和它在一起的还有另外一匹马,那匹马也很出色,鬃毛黑得发亮。它们就住在我们的农庄里,农庄在德国战地医院附近。我的小孙女埃米莉照顾它们,慢慢地就把它们当家人去爱了。我是她唯一的亲人,战争夺去了家里其他人的生命。这两匹马和我们大概生活了一年,不到一年,或者一年多,这倒无所谓。德国兵还不错,他们走的时候把马留给我们,于是这马就成我们的了,埃米莉的马,也是我的马。后来有一天,德国人回来了,是另外一批德国人,他们不像先前那些人那么友好,他们需要马运输枪支弹药,于是走的时候就带走了我们的马。我实在没有办法。打那以后,我的埃米莉就没有活下去的劲头了。这孩子本来就生着病,况且她的家人都死了,新的家庭成员又被带走,她再也没有了活下去的愿望。她变得很憔悴,去年去世了,只有十五岁。不过,她临终前让我向她保证一件事:无论如何都要找到这两匹马,并照顾它们。我去过很多个卖马的地方,可就是没找到另一匹马,那匹黑马。现在我找到了其中的一匹,我可以带它回家,照顾它,就像我向埃米莉保证的那样。"

他双手紧紧扶着拐杖,说话慢条斯理,措辞非常谨慎。

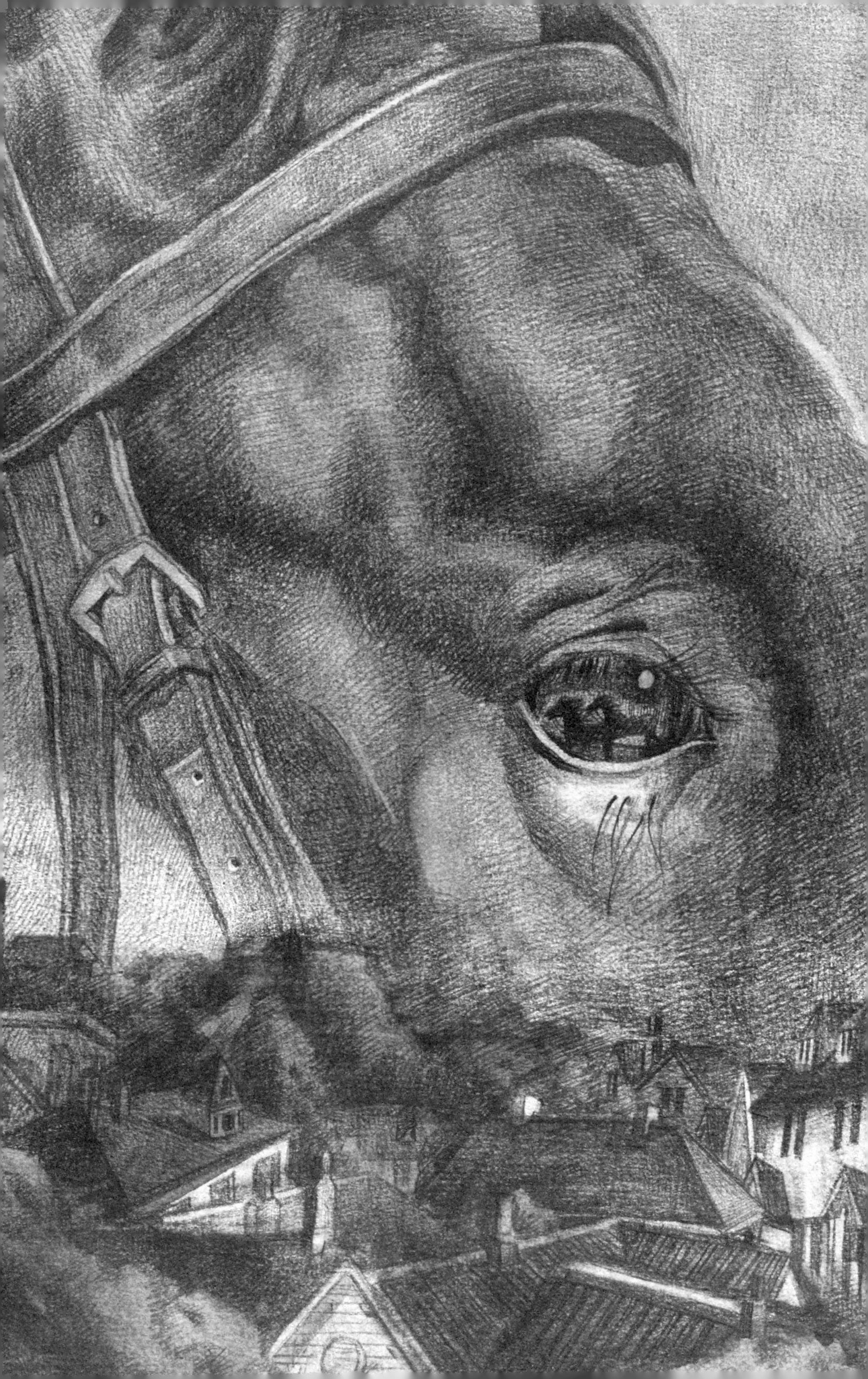

"英国兵,"他接着说,"你是个农夫,一个英国农夫,你会明白,不管是英国农夫,还是法国农夫,哪怕是比利时农夫,都不会轻易把东西送人。农夫永远都送不起东西。我们得过日子,对吧?你的少校和中士已经告诉我你有多喜欢这匹马。他们对我说,你们大伙儿想尽一切办法要买下这匹马。我认为这是件很了不起的事情。我觉得我的埃米莉要是活着的话,听了这个也会感到高兴。我想她会理解的,她会同意我现在做出的决定。我老了。我能为埃米莉的马做些什么呢?它也不能一辈子在地里长膘。而且过段时间,我年纪更大了,不能再照顾它。要是我没记错的话,我没记错,它喜欢干活儿,对吧?我有个——你看怎么样——我有个提议,我把埃米莉的马卖给你。"

"卖给我?"艾伯特问道,"可我没那么多钱。您一定知道的,我们总共才凑齐二十六英镑,您是二十八英镑买的。我怎么能凑够钱从您手里买走它?"

"我的朋友,你不明白我的意思,"老人忍住笑说,"你根本没明白。我一便士就卖给你这匹马,而且要得到一个庄严的承诺,那就是,你要永远像埃米莉那样爱这匹马,还要一直照顾它,直到它生命的最后一刻。还有一件事,我想让你把我的埃米莉的故事告诉大家,告诉大家在乔伊和那匹大黑马跟我们一起住的时候,埃米莉是怎么照顾它们的。你明白吗？我的朋友，我想让我的埃米莉活在人们心中。再过几年，我就要入土了，就不在人世了。那时，就没人能记得我的埃米莉是什么样了。我也没有其他在世的家人可以怀念她。她将来不过是墓碑上没人去看的名字。所以，我想让你把埃米莉的故事告诉你英国的朋友们。不然，她好像枉过了一生。你会为我做这件事吗？这样的话，她会得到永生，这才是我想要的。我们之间能达成协议吗？"

艾伯特什么也没说，因为他感动得无言以对，他只是伸出手，表示接受这协议。不过，老人没有握他的手，而是把双手放在艾伯特的肩膀上，亲吻了他的双颊。"谢谢你。"他说。接着，他转身和每个士兵握手，最后蹒跚地走到我面前。"再会了，我的朋友。"他说，接着用嘴唇轻轻碰了下我的鼻子，"这是埃米莉给你的。"然后他就走开了。

不过刚走了没几步，他就停下来，转过身，晃了晃手里那根有很多节的拐杖，咧开嘴笑着，假装用质问的语气说道："看来我们法国人说的没错，英国人只有一点比法国人强，他们比法国人更吝啬。你还没有付给我英国便士呢，我的朋友。"

大嗓门中士从锡盒子里拿出一便士递给艾伯特，艾伯特赶忙向埃米莉的爷爷跑去。

"我会珍藏这枚硬币,"老人说,"我会永远珍藏它的。"

那年圣诞节,我从战场回到故乡。我的艾伯特骑着我进了村子,迎接我们的是来自海瑟雷的银色铜管乐队和欢快的教堂钟声。我俩被当作凯旋的英雄。

不过我俩都知道,真正的英雄没有回家,他们已长眠在法国的土地上,和尼科尔斯上尉、托普桑、弗里德里克、戴维,还有小埃米莉在一起。

我的艾伯特如愿以偿地娶了梅奇·科波迪克。

不过,我觉得她从来就没喜欢过我,我也因此不喜欢她。也许是彼此之间的嫉妒心在作怪吧。

我仍旧和亲爱的老佐依去农田里干活儿,佐依似乎没有变老,也不知道疲倦。

艾伯特又开始负责管理整个农场,又开始敲最低音的钟。这些事都做完以后,他会给我讲很多事情,说他年迈的父亲现在开始像喜欢亲孙子一样喜欢我,说多变的天气和价格的波动,当然了,也会说梅奇,说她做的硬皮面包就像他原来跟我说的一样,好吃极了。不过,不管我怎么努力,我还是吃不上她做的点心,你知道吗,她连一块都不给我吃。

图书在版编目(CIP)数据

战马／〔英〕莫波格著；李晋译.-海口：南海出版公司，2016.1
ISBN 978-7-5442-7926-0

Ⅰ.①战… Ⅱ.①莫…②李… Ⅲ.①儿童文学－长篇小说－英国－现代 Ⅳ.①I561.84

中国版本图书馆CIP数据核字(2015)第198903号

著作权合同登记号　图字：30-2015-066

WAR HORSE
by MICHAEL MORPURGO
Copyright © MICHAEL MORPURGO 1982
This edition arranged with EGMONT BOOK LTD
through Big Apple Agency, Inc., Labuan, Malaysia.
Simplified Chinese edition copyright © 2015 THINKINGDOM MEDIA GROUP LIMITED
All rights reserved.

战马

〔英〕迈克尔·莫波格 著
李晋 译

出　版	南海出版公司　(0898)66568511
	海口市海秀中路51号星华大厦五楼　邮编570206
发　行	新经典发行有限公司
	电话(010)68423599　邮箱 editor@readinglife.com
经　销	新华书店
责任编辑	杜益萍
装帧设计	江宛乐
内文插图	王　静
内文制作	王春雪
印　刷	山东韵杰文化科技有限公司
开　本	850毫米×1168毫米　1/32
印　张	5.5
字　数	65千
版　次	2016年1月第1版
印　次	2024年2月第46次印刷
书　号	ISBN 978-7-5442-7926-0
定　价	35.00元

版权所有，侵权必究
如有印装质量问题，请发邮件至 zhiliang@readinglife.com